AF318980

G. DE LA LANDELLE

PARIS

POUR

LES MARINS

PRÉCÉDÉ

D'UNE LETTRE D'ALEXANDRE DUMAS

PRIX : UN FRANC

PARIS

P. BRUNET, LIBRAIRE-ÉDITEUR

RUE BONAPARTE, 31

PARIS POUR LES MARINS

OUVRAGES DU MÊME AUTEUR

Esquisses maritimes : — *La Frégate l'Introuvable,* 1 vol. in-18.
3ᵉ édition . . . . 1 »
Les Cousines de l'Introuvable,
1 vol. in-18. . . . . 1 »
Les Quarts de nuits, contes et causeries d'un vieux navigateur, 1 vol in-18, 3ᵉ édition . . . . 2 »
Les nouveaux Quarts de nuit, récits maritimes, 1 vol. in-18 . . . . 2 »
Le Mouton enragé, roman comique, 1 vol. in-18 . . . . 2 »
Le Tableau de la mer. *La Vie Navale.* 1 fort vol. in-18 . 3 50
Le langage des Marins. Recherches historiques et critiques sur le Vocabulaire maritime. Expressions figurées en usage parmi les marins. Recueil d'expressions techniques et pittoresques suivi d'un Index méthodique. 1 fort vol. in-8º . . . . 5 »
Poèmes et chants marins. *(Édition complète),* mélodies populaires intercalées dans le texte, notes historiques, etc 1 fort vol. in-18 . . . . 4 »
Le Gaillard-d'avant, chansons maritimes *(Édition populaire),* paroles et musique. 1 vol. in-18 . . . . 1 »
L'Ame du navire, roman. 1 vol in-18. . . . . 3 »
La Meilleure part, roman, 1 vol. in-18. . . . . 2 »
Une Haine à bord, roman. 1 vol. in-18. . . . . 2 »
La Gorgone, roman, 2 vol. in-18. . . . . 4 »
Les Passagères, roman, 1 vol. in-18. 1
Les Enfants de la mer, contes et nouvelles, 1 vol. in-18. 1 50
L'Aviation ou NAVIGATION AÉRIENNE *(sans ballons),* deuxième édition, 1 vol. in-18. . . . . 2 »

SOUS PRESSE

Le Tableau de la mer. — LES MARINS, 1 fort vol. in-18.
Les Coureurs d'aventures.
Jean Bart et Charles Keyser, roman historique.
Le Grand-Océan, *Sans-Peur le Corsaire.*

EN PRÉPARATION

Troisièmes Quarts de nuit.
Les Quarts de jour.
Traité de Phonétique, étude comparée des sons du langage humain.
Voyages aériens, promenades. courses, trajets de longue haleine. haltes et rencontres. grandes explorations, l'Afrique centrale, les deux pôles, premier voyage de nuit, chasse du lion, pêches aériennes.
Photographies à la plume — César Plagiat, Chrysostome Chantage, Procuste Eteignoir. les Moutons de Panurge, Polydore Talent, Auguste Cœur-d'Or. Narcisse Paincuit, la Mère Éternelle, Mimi Caprice, Monseigneur Capital, etc.

Abbeville. — Imp. P. Briez

PARIS

POUR

LES MARINS

PAR

G. DE LA LANDELLE

précédé d'une lettre

D'ALEXANDRE DUMAS

————

PARIS

P. BRUNET, LIBRAIRE-ÉDITEUR

RUE BONAPARTE, 31

—

1864

Tous droits réservés

———

Cher Maître et Ami,

Le 1ᵉʳ janvier 1864, un navire de trois cents ton-
neaux se perd à une demi encablure du port militaire de Naples, sans qu'un pilote se rende à l'appel
de ses signaux de détresse, sans qu'une barque, durant ses trois heures d'agonie, essaie de lui porter
secours.

Vous étiez témoin de ce naufrage ; votre cœur
s'en émeut ; et, frémissant de pitié, vous jurez de
fonder en Italie une société de sauvetage. Puis, sans
différer d'un jour, vous réalisez votre généreux dessein. Vous ouvriez une souscription, vous parliez,
vous écriviez. Princes, soldats, citoyens, étrangers,

1

nationaux, répondaient à votre cri d'indignation et
à votre appel :

« Ce qui vient d'arriver dans le port de Naples est
« la honte de la civilisation, mais ce qui est arrivé
« n'arrivera plus, car, à partir de ce jour, il y a une
« société de sauvetage à Naples. »

De même qu'on oblige deux fois quand on oblige
vite, de même on fait mille fois le bien, quand on le
fait sur le champ.

On a dit avec raison que l'Enfer est pavé de bonnes
intentions, louables pensées demeurées stériles,
ajournées qu'elles furent par l'égoïsme, la paresse
ou le respect humain, la pire des poltronneries. Plus
rares que le cygne noir de Juvénal sont les gens de
cœur qui osent se mettre en avant.

Je dis, moi, cher Maître et Ami, que le Ciel est
décoré des bonnes intentions qui, sur l'heure, furent
mises en voie d'exécution ; il est pavoisé des inspi-
rations d'un pieux enthousiasme converties en faits
par une prompte et persévérante énergie.

Télescopes braqués sur les phares du firmament,
les astronomes et les physiciens se demandent
ce que sont les étoiles, les soleils qui éclairent et
fécondent les planètes habitées. Ces globes lumi-
neux et vivifiants, — votre exemple nous l'enseigne,
— sont les bonnes intentions métamorphosées par
la Miséricorde Divine en modèles éternels.

Ovide avait oublié cette sublime métamorphose,
vous me l'avez fait découvrir.

Je la proclame, je l'admire et, les yeux baignés de

larmes, j'y applaudis non sans quelque fierté, puisque je dois à un hasard providentiel d'être l'un de vos collaborateurs pour la plus grande et la plus libérale de vos œuvres, L'ŒUVRE DU SAUVETAGE, radieux livre de vie écrit avec le cœur par un poète d'action. Dans le but de la créer à Naples, sur les côtes d'Italie et enfin sur tous les rivages du monde, vous recherchiez les divers moyens de réussir, quand au chapitre des Inventions et Progrès de mon volume *la Vie Navale*, vous avez trouvé la description de la chaloupe *insubmersible et inchavirable* du matelot Mouë.

« Plaise au ciel, y disais-je, que mon court et sincère exposé de ses travaux lui soit utile !» — Vous avez exaucé ce vœu en faveur d'un modeste inventeur cent fois déçu dans ses espérances. Vous avez voulu patronner la meilleure des barques capables d'arracher les naufragés aux fureurs de la mer ; vous avez fait bien mieux, en consacrant votre temps, votre travail, vos talents, votre esprit de ressources et votre génie à l'acquisition d'un spécimen jusqu'à vous presqu'inutile, mais qui, par vous, se multipliera pour la conservation d'innombrables vies humaines.

La barque était au Havre. Vous conçûtes l'heureuse idée d'associer les Havrais à vos efforts et, m'appelant à l'honneur de participer à l'action, il vous plût que je fusse votre compagnon de route. J'ai donc eu le bonheur de voir les habitants du Havre vous faire une réception enthousiaste, cordiale et touchante, non moins honorable pour eux-mêmes que glorieuse pour vous ; car, cette fois, l'hommage qui vous était rendu par les compatriotes de Bernardin de Saint-Pierre et de Casimir Delavigne ne s'adressait pas seulement à l'auteur de *Christine* et de mille autres chefs-d'œuvres populaires ; il s'adressait à l'initiateur, au propagateur d'une pensée généreuse. Votre pieux dessein, profondément compris et senti par tous, dominait de toute l'altitude du beau et du bien l'accueil hospitalier fait au romancier inépuisable, au puissant poète dramatique, au fécond écrivain, à l'aimable conteur, à l'historien bien-aimé qui se faisait maître-sauveteur.

Mouë pouvait dire encore, comme Bernard Palissy : « Povreté empesche les bons espritz de parvenir. » Vous vous êtes écrié : « Il parviendra! » L'instrument sauveteur vingt fois expérimenté en public, au Havre et à Paris, sans résultats utiles, le sera une dernière fois avec succès, en dépit de *povreté*.

Fort de cet amour de l'humanité, de cette foi ardente qui font accomplir des miracles, vous étiez en chemin ; et le miracle s'est accompli sous nos yeux, aux applaudissements d'une population ivre de joie. Il s'agissait d'une œuvre de salut ; la presse du Havre a loyalement prouvé qu'elle appréciait toute la portée de l'entreprise qui s'accomplissait sous vos auspices.

Après une excursion en rade, la chaloupe Mouë a été soumise, dans le bassin, aux épreuves les plus décisives. Chavirée à force de palans, une première fois avec son mât et sa voile bordée, une seconde fois avec son équipage à bord, elle a rapidement accompli son évolution et repris sa position à flot. Le mât et la voile opposaient en vain une résistance énorme ; les boîtes à air, habilement ménagées par le constructeur, et la quille en fer de l'embarcation, en ont triomphé ; le mât s'est rompu, et le retournement s'est opéré à souhait. Vous avez ainsi pu apprécier les qualités d'une chaloupe supérieure, sous le rapport du sauvetage, à toutes les barques construites jusqu'à nos jours.

On sait que les pilotes de Dunkerque, ayant préservé d'une perte imminente un navire de guerre anglais, reçurent d'Angleterre, à titre de récompense, le don d'une chaloupe de sauvetage dont on attendait merveilles. Une tempête chavira cette barque, et plusieurs des braves gens qui la montaient périrent. — Rien de semblable n'est possible avec la chaloupe Mouë. En un clin-d'œil elle se relève et se vide avec une facilité infaillible. Déjà, de nombreux essais, toujours heureux, l'avaient surabondamment démontré aux habitants du Havre et même, je le répète, aux Parisiens, puisque les expériences ont été faites à plusieurs reprises en aval du Pont-Royal sous les yeux des appréciateurs les plus compétents. Tout cela n'avait servi de rien jusqu'ici ; il en est désormais tout autrement.

Une bonne action produite par une bonne idée est semblable à un fruit qui ne se séparerait point de sa fleur. Fleur et fruit, vous avez produits, mon cher maître. Le génie du bien venant en aide au génie inventif, la barque Mouë a cessé d'être un spécimen, un échantillon ; elle est maintenant ce qu'elle doit être, l'étalon des barques sauvetrices, que tous les ports d'Italie auront bientôt à leur disposition pour envoyer au secours des bâtiments en péril.

Le premier pas, le plus difficile, est fait dans la bonne voie, et vous n'êtes pas, vous, Dumas, du nombre de ces prometteurs qui laissent une noble action dépérir à mi-chemin. Vous savez que l'humanité ne se paie pas de vains mots ; vous allez droit et ferme ; vous avez déjà rencontré des obstacles, des manques de parole, des soucis, qu'importe ! Vous voulez et savez vouloir ! Vous voulez aller jusqu'au bout, vous irez !

Alexandre Dumas ne sera pas seulement l'émule des Shakespeare et des Schiller, il sera encore l'un de ces hommes de bien dont l'humanité bénit le nom. C'est à coup sûr être plus qu'homme de génie, c'est emprunter quelque chose à la divinité même que de se vouer aux œuvres de sauvetage :

Deus est juvare mortalem.

C'est ainsi que le comprenait bien la population du Havre qui, par mille cris reconnaissants, acclamait celui dont le cœur arrachait au néant de l'indifférence le bateau sauveteur de Mouë. Aussi, lorsque, pour concourir à l'achat de la chaloupe, un concert a été annoncé, c'est à qui, parmi les Havrais, a voulu y assister. La salle du théâtre était remplie ; les places ont manqué. L'OEuvre du Sauvetage avait pour collaborateurs tous les habitants, qui battaient des mains en criant : « Vive Alexandre Dumas ! »

Le mercredi 27 avril, à midi, les expériences donnèrent lieu à une première ovation. Nous vous avons vu embrasser Mouë avec une émotion qui s'est communiquée à tous les spectateurs de ce mouvement fraternel. Le soir, après le concert, un second triomphe attendait l'auteur d'une révolution pacifique bien faite pour électriser le Havre et ses braves gens de mer. Le peuple marin manifesta son admiration cordiale par des démonstrations qui se prolongèrent jusqu'au milieu de la nuit.

Faut-il rappeler que le concert a été digne de son objet ? La gracieuse Fanny Gordoza s'est surpassée ; messagère de bonne espérance, elle a fait de son adorable talent l'auxiliaire de l'œuvre sainte. Elle a eu des larmes et des sourires, des élans de cœur, des transports de joie et d'amour pour ces naufragés de l'avenir, que sauveront les barques Mouë, filles adoptives d'Alexandre Dumas. Un parterre ravi par le talent expressif de la cantatrice, voyait son âme dans ses sourires et ses larmes. Elle aussi se faisait sauveteuse. Le ténor Giuliani, Taffanel, Modérati, Féline, Richard, — artistes dont les noms ne sauraient être omis — ont tous à qui mieux mieux, su faire œuvre de sauvetage.

Le Havre, Mouë, Alexandre Dumas, ces trois noms — comme vous l'avez voulu, cher Maître, — sont inscrits d'une manière inséparable, sur les pavillons de détresse par l'Ange de l'Humanité.

Cependant, il n'en a pas été partout comme au Havre. Parmi les ouvriers de la première heure, il en est qui attendent la dernière et vous laissent tout le fardeau à vous seul. Mais où serait le mérite d'être homme de bien sans les défections, les trahisons, les mensonges et les sottises? En vérité, tout le monde s'en mêlerait, s'il n'y avait que louanges et récompenses à recevoir, sans risques à courir, sans mécomptes, sans douleurs.

Les fonds qui ne devaient, qui ne pouvaient vous manquer, vous manquent tout à coup.

Infatigable à bien faire, vous vous remettez intrépidement au travail. Vous distribuerez à vos innombrables amis un souvenir de votre propre main en échange de l'obole qui les associera à l'œuvre sauvetrice. Vous conviez trente mille convives au banquet fraternel de votre enthousiasme. Sans trêve, sans repos, sans sommeil, vous écrirez trente mille fois :

Au nom de Mouë et au mien, merci !
ALEXANDRE DUMAS.

Et la barque sera vôtre, et vous la donnerez à ceux qui, sans votre prodigieux labeur, auraient péri.

Labeur monotone et sacré ! Chacun sait ce que vaut une ligne sortie de votre plume, chacun sait qu'il vous est cent fois plus facile d'improviser que de copier, mais il faut que le plus pauvre puisse participer au bienfait ; vous livrerez vos trente mille lignes au prix du moindre des débutants, vous vous êtes imposé la tâche et vous l'accomplirez ! Vous avez voulu être sauveteur, vous le serez trente mille fois !

Or, depuis que je vois ce que vous faites, mon cher Dumas, je remercie la destinée qui me transformant, un certain jour, de marin à voile ou à vapeur en navigateur à la plume, me permit d'écrire *le Tableau de la mer*. De la plus modeste des écritoires sortira donc par vous un progrès maritime très-pratique et très-réel. Paris port de mer n'est pas une utopie fantaisiste.

En même temps, *pour les marins, Paris* est mieux qu'un agréable point de relâche, puisque un écrivain tel que vous peut y faire acte de sauvetage en préservant de l'abandon et l'oubli l'œuvre d'un marin, en arrachant du naufrage le mérite méconnu de l'inventeur Mouë, en portant secours au talent malheureux, en remettant à flot une barque misérablement échouée sur le rocher de l'indifférence.

Je pourrais, en m'alambiquant la cervelle, partir de là pour prouver que mon *Paris pour les marins* ne pouvait être dédié qu'à vous ; mieux vaut être plus sincère. Je vous dédie ce léger opuscule, nouveau cousin germain de *la Frégate l'Introuvable*, parce qu'il est prêt et le premier à paraître, parce que je ne puis ni ne veux attendre pour vous féliciter vous louer et dire avec transports que vous êtes un grand sauveteur. L'occasion est maîtresse. Que cette bluette, simple fragment de ma série d'esquisses et de causeries les plus badines, soit peu digne de vous être offerte, vous me le pardonnerez en faveur de mon empressement. Elle paraît aujourd'hui, et demain est trop loin.

Vous n'avez pas attendu à demain, vous, pour dire à trente mille fidèles : « *Au nom de Mouë et au mien, merci !...* » Je n'attends pas à demain moi, pour vous dire hautement à vous seul :

« *Au nom des marins et de leurs mères, des passagers, des riverains, et enfin de tous les gens de cœur.*

» Merci, Dumas ! »

J'ai dit !

Et désormais quand je chanterai ma chanson du *Vieux pilote*, quand je répèterai ce couplet :

> Il a sauvé du naufrage,
> Par temps de perdition,
> Cent voiles de tout tonnage
> Et de toute nation !

à qui penserai-je ? — à vous !

G. DE LA LANDELLE.

Paris, le 10 juin 1864.

LETTRE D'ALEXANDRE DUMAS

Merci, mon cher La Landelle,

Vous lancez sous la forme d'un remercîment
le prospectus de mes trente mille autographes.
Pourquoi l'idée m'en est-elle venue si tard?

J'aurais pu, en mettant un prix infime à quelques lignes de ma main, en exploitant une popu-
larité que je dois plutôt à mon cœur qu'à mon
esprit, j'aurais pu soulager une foule d'infor-
tunes devant lesquelles j'ai été obligé de rester
muet ou impuissant. Tout en travaillant dix ou
douze heures par jour, et justement parce que
je travaille dix ou douze heures par jour, il y a bien
des moments perdus dans ma vie. Ces moments

sont ceux où le cerveau, lassé de produire, a besoin d'un repos momentané. Eh bien ! pendant ce repos du cerveau, la main peut continuer d'agir; elle peut tracer machinalement et sans intéresser l'intelligence à cette opération, une ligne sur un papier, vers, sentence ou maxime, — répéter cette ligne mille fois. Supposez mille amateurs d'autographes qui paient cette ligne vingt-cinq centimes, voilà deux cent cinquante francs gagnés au profit des dix premiers pauvres diables qui viendront me demander l'aumône.

Comprenez-vous mon orgueil, cher ami, si quatre cent mille autographes de moi se vendent vingt-cinq centimes, et ma satisfaction si, pendant les quelques années qui me restent encore à vivre, je puis me donner ce plaisir princier de faire pour cent mille francs d'aumônes ?

Quel malheur, comme je vous le disais au commencement de cette lettre, que l'idée ne m'en soit pas venue plus tôt ! J'eusse fait un million d'autographes ; mais que Dieu m'accorde le temps d'en faire quatre cent mille et je m'en consolerai.

A cent par jour, il me faut onze ans pour cela.

Avis aux amateurs d'autographes. J'ai, à partir du 24 juillet prochain, date anniversaire de ma naissance, cent autographes par jour à leur disposition.

Bien à vous et surtout toujours à vous,

Alexandre DUMAS.

20 juin.

LES MARINS A PARIS

I

DE LOIN ET DE PRÈS

Nous sommes à trois cents lieues des côtes de France, à bord d'un navire de guerre. Les officiers réunis à table attendent le dessert ; des conversations animées s'interrompent, se croisent, se heurtent en tous sens, le diapason des voix passe des notes les plus graves aux sons les plus aigus de la gamme :

— ... Il n'en est pas de même chez les Anglais ! J'aime bien d'ailleurs qu'on me jette à tout propos l'ordonnance à la figure ; nous savons, mon cher, quel cas il faut faire de ces belles proclamations des commandants...

— Juanita était jolie, agaçante, bonne enfant ; je hache l'Espagnol assez passablement, l'occasion était belle, je laissai partir le canot, et...

— Je vous disais donc qu'elle courait à deux portées de canon sous le vent à nous, chargée de toile, le plat-bord dans l'eau, comme si elle eut eu le diable à ses trousses. Charmante goëlette, ma foi ! bien découplée, fine marcheuse ..

— Vous en parlez à votre aise, par exemple ! si j'étais commandant, moi...

— Quinze jours d'arrêts pour une pareille aventure ! je m'abonne à un mois, pourvu qu'il m'en arrive autant.

— On donnait le *Pré aux Clercs*, la salle était pleine comme un œuf, les matelots encombraient le paradis, nous remplissions le parterre et les premières, je n'ai jamais vu branlebas plus distingué !

— Où ça ? dites-vous ; demande une voix criarde dont le timbre domine toutes les autres.

— A la Havane, vous dis-je, revenant du Mexique, sur *l'Oreste*, il y a un an.

— Il y a un an, je doublais le cap Horn à bord de la *Vestale*.

— Moi, j'étais en station à Smyrne, et vous ?

— A Cadix.

— Bonne ville, ma foi ! mais qui ne vaut pas celle où je me trouvais.

— Laquelle donc ?

— Paris parbleu !

Au seul nom de Paris, la discussion sur l'ordonnance et les commandants, l'histoire de la sensible Juanita, celle de la goëlette et de la représentation du *Pré aux Clercs* restent inachevées. Si la confusion continue, si plusieurs orateurs pérorent à la fois, si l'on ne cesse pas de jouer aux propos interrompus, du moins un seul sujet succède à tous les autres, l'on ne parle plus que de Paris, l'Eldorado des jeunes officiers.

Ce que le Parisien accorde de charmes fantastiques aux régions lointaines, ce qu'il reconnaît d'excentrique, de neuf, de piquant, de féérique à des pays qu'il n'a vus que sur la carte, nos interlocuteurs le décernent à Paris. Les plus heureux l'y ont trouvé. Les plus heureux, car il n'est pas donné à tous de se compléter par un congé ; de venir fouler l'asphalte des boulevards après leurs promenades à la Savane du Fort Royal, dans les bazars du levant ou sur les alamédas Espagnoles ; de comparer le soleil des Tropiques à l'éclairage au gaz et les dieux marins de la place de la Concorde aux cétacés de l'Océan.

Il n'est permis, hélas ! d'être prodigue qu'après avoir été économe ; le voyage de Paris est un problème insoluble pour un grand nombre. Cependant un grand nombre aussi débarque annuellement des wagons du chemin de fer, et s'élance corps et biens dans le tourbillon des plaisirs.

Leurs quinze premiers jours sont employés à visiter leur Paris, ils veulent alors tout voir, tout apprendre, tout savoir, devenir pilotes à leur tour ; vous les rencontrerez partout. Qu'un camarade arrive un mois après, il ne pourra trouver de meilleur cicérone.

Rien n'est trop cher pour eux ; il faut *vivre*, et vite, et beaucoup. Bals, fêtes, concerts, spectacles,

parties fines, ils ne se refusent rien. Ils ont une foule
d'amis de toutes les catégories ; hier, on les a vus
avec des étudiants à la Chaumière ou à la Closerie
des Lilas, avant-hier, trônant parmi les habitués de
l'estaminet Hollandais, ce matin dans un atelier d'artistes, égayant les modèles féminins par des facéties
d'outre-mer, ce soir, dans une loge de feuilleton-
nistes à une première représentation ; — demain,
sous l'égide protectrice de gandins, leurs intimes,
ils flâneront dans les coulisses de l'Opéra.

Dans tous ces cercles d'allures et de mœurs si
différentes, l'officier en congé n'a qu'un seul et même
nom. On l'appelle : — *Marin*, et il en est fier. Mieux
que personne, d'ailleurs, il s'entend à créer des liai-
sons faciles, des amitiés d'une semaine, des connaissances d'un jour, c'est une vieille habitude, une
conséquence de sa vie nomade. — Combien son
existence est pleine et variée ! Quelle fantasmagorie
perpétuelle ! que d'occasions précieuses! Comment
voulez-vous, après cela, qu'il n'adore point Paris ?
Et qu'au large ou dans des pays sans ressources, il
ne se prenne pas à s'enthousiasmer de tout ce qu'il
a savouré en si peu de temps ?

— Que nous importent vos deux voyages autour
du monde, votre relâche en Chine, votre station dans
le Levant ? C'est vulgaire ! c'est rebattu ! Toujours
la même chose : des côtes et de la mer, des habitants vêtus en dépit du sens commun, et parlant un
jargon inintelligible, des êtres sans usages, ridicules, absurdes. Parlez-moi de Paris !

— Voulez-vous des costumes? — Deux représentations à l'Opéra et trois bals masqués, vous en aurez passé en revue dix fois plus qu'en vingt ans de navigation ; des monuments? dans trois quarts d'heure vous en rencontrerez de tous les genres, anciens et modernes ; de la végétation, des animaux rares et curieux? allez au jardin des plantes et au muséum, vous les contemplerez à votre aise : les palmiers sont sous verre et les crocodiles empaillés ; de la société, des plaisirs? Paris en est le centre. Et que venez-vous me parler de Canton, de Constantinople ou de Lima !

L'infortuné navigateur qui n'a fait que deux fois le tour du monde est forcé de convenir qu'il n'a rien vu ; il partira pour Paris au retour de la campagne, c'est décidé, il en jure ses grands dieux.

Tel est le Paris des jeunes officiers, vaste, complet, se terminant à Versailles d'un côté, à Montmorency de l'autre ; mais pour ceux qui ont vécu jadis et qui calculent à présent, pour ces braves gens que l'ambition aiguillonne, Paris ne s'étend que du ministère des affaires étrangères au ministère de la marine. Ils passent un an, quelquefois deux, à *louvoyer bord sur bord* dans cet espace circonscrit ; ils naviguent à la recherche d'un grade ou d'un commandement. Décrire ce qu'est le Paris de ces derniers, ce serait tracer un plan de corridors et de bureaux, le portrait d'un chef du personnel, celui d'un ministre peut-être.

Pour les capitaines du commerce, pour les marins

spéculateurs, Paris est ailleurs encore : la Bourse, la rue de Richelieu, les compagnies d'assurances, voilà Paris. C'est une *place* où l'on a des intérêts à débattre ; il faut y venir de temps en temps, par devoir, par nécessité, pour un projet d'expédition. Par occasion, on ira aux Français ; on se permettra une représentation de *Fernand Cortez*, ou de *la Juive*, comme *nec plus ultra* des plaisirs.

— Les affaires sont les affaires, je ne suis pas ici pour m'amuser ; j'ai mon rapport à rédiger, des consultations à demander sur le contentieux, d'importantes visites à rendre et à recevoir ; à d'autres les passe-temps frivoles, mes moments sont précieux.

Ce Paris-là est d'un positif, d'un prosaïque effrayant ; passons. Mais voici venir le plus beau de tous, le plus riche, le plus coloré, le plus brillant des Paris, bâti comme Venise au milieu des mers : c'est celui des matelots.

Les palais de M. Galland ne sont que de la boue, la fameuse ville d'Is qu'une bourgade de masures, les poétiques utopies du phalanstère que de mesquines conceptions auprès de cette Sion céleste du gaillard d'avant ; écoutez le matelot beau parleur !

— Les *Louvres* sont *tout d'or*, et la ville a la coupe d'un vaisseau, à preuve ses armes et les boutons de sa garde municipale. Les rues sont si larges qu'une escadre y pourrait naviguer de front sur la *perpendiculaire* du vent, si tant seulement il y avait de l'eau pour elle ; un scélérat de grand village où Toulon et Marseille valseraient ensemble sur la

grande place, qui est éclairée la nuit mieux que le
jour par des cinquante millions de fanaux de combat
pareils à la lune ; où il y a des chevaux et des voi-
tures qui font un *chamberdement* pire que *bari
barou* ; de la musique à volonté, et des femmes premier brin, voilées en goëlettes, tout satin et falbalas.
On n'envoie que le rebut à nous autres, et pourtant,
tu sais, la grosse Parisienne de l'*Ancre d'Argent*,
c'était tout de même un bel échantillon, je ne pou-
vais pas faire le tour de sa taille avec les deux bras.
Les hommes ! autre chose, pas matelots du tout.
Quand ça vient à bord, ils se croient encore à Paris,
ils demandent leur appartement :

— Le voilà ton appartement, deux crocs pour
pendre ton hamac ; demain, au roulement, debout
et en route !

— Le vin ! tout ce qu'il y a de plus raide, du *suivé !*
seulement c'est trop cher pour des anciens à vingt-
quatre comme toi et moi. Si je croche une fois des
parts de prises un peu tapées, je mets le cap sur
Paris, bitte et bosse ! mais autrement qu'est-ce que
j'y ferais ? rien du tout ; n'y a pas d'ouvrage pour des
matelots.

— Tout ça, vois-tu, m'a été conté par le père
Tremblay, *la Mort des Anglais* ; les Parisiens te pous-
seront des blagues, ne les crois pas ; je t'ai dit le fin
du fin, suffit.

Pourtant, chose assez rare autrefois, si le vrai matelot vient à Paris, quel est le sort de ses magiques
créations ? Celui de l'île de Saint-Brandan qui dis-

paraît lorsqu'on y aborde. Le régent s'est transformé en grain de sable, la géante imaginaire n'est plus qu'une naine ; la réalité perd tout son prix comparée aux magnifiques naïvetés de notre marin ; s'il avait lu La Fontaine, il s'écrierait :

De loin c'est quelque chose, et de près ce n'est rien !

Mais les chemins de fer ont singulièrement amoindri le prestige qu'avait Paris au temps où les matelots n'y passaient presque jamais. Chaque jour maintenant aux abords de nos principales gares, vous rencontrez foule de braves gens de mer attelés à leurs gros sacs de toile.

Paris s'agrandit, Paris s'embellit; ses voies plus larges et mieux aérées s'ornent de jardins que, par un monstrueux barbarisme anglomane, on appelle *squares* (lisez : carrés) ; Paris devient une capitale gigantesque et splendide, mais nos matelots le voient de trop près !... Ah ! qu'il était plus grand, qu'il était magique, quand ils ne le rêvaient que de loin !

II

HEUR ET MALHEUR

Remonterai-je au déluge ? Parlerai-je du temps où Paris s'appelait *la Ville* par opposition à *la Cour*

qui, de Fontainebleau et de Saint-Germain s'établit
à Versailles, — époque héroïque et fabuleuse de la
cardinale grisonnante du grand Duquesne, des man-
chettes et jabots en point de Hollande du maréchal
de Tourville, de la pipe flamande et du sabre d'a-
bordage de Jean Bart ?

Duguay-Trouin, au retour de son expédition du
Brésil, fut le lion de Paris et de Versailles. « Chacun
« voulait admirer l'homme extraordinaire qui, en
« dix jours, avait pris Rio-de-Janeiro. La teinte
« merveilleuse qui se répand sur les actions et les
« contrées lointaines faisait paraître plus belle
« encore la conquête de l'illustre marin. On raconte
« qu'un jour, une foule de curieux étant ainsi ras-
« semblée autour de lui, une dame de distinction
« demanda ce qu'on regardait, descendit préci-
« pitamment de carrosse et perça la presse avec
« une vivacité remarquable. Duguay-Trouin parut
« étonné : — Monsieur, lui dit-elle, ne soyez pas
« surpris, je suis bien aise de voir un héros en
« vie. »

Cassard, sous le cruel sobriquet de *Bonhomme
Jacques*, passa de l'inhospitalière antichambre du
cardinal de Fleury dont la valetaille le bafouait, à
l'hospitalité cellulaire de la Bastille d'où on le trans-
féra au château de Ham. Chacun sait qu'il y mourut,
en 1740, pour avoir eu l'audace de réclamer trois
millions à la France qui lui en devait bien une
vingtaine conquis, sur toutes les mers, au prix des
exploits les plus hardis.

Paul Féval a dignement raconté cette lamentable histoire.

Autres temps, mêmes mœurs.

Huit ans après la mort de Jacques Cassard, Mahé de Labourdonnais, le héros de l'Inde, le fondateur de nos belles colonies des Mascareignes, le vainqueur de Madras fut récompensé de ses glorieux services par un affreux séjour à la Bastille dont il ne sortit que pour mourir de misère et de douleur.

Mais le Bailli de Suffren, quelques lustres plus tard, fut, comme l'avaient été jadis Duquesne, Tourville, Jean Bart et Duguay-Trouin, le lion à la mode :

« Jamais, a dit un historien, ni les Turenne, ni
« les Condé, ni même le maréchal de Saxe, ne
« reçurent, au retour de leurs campagnes, un ac-
« cueil plus honorable et en même temps plus flat-
« teur que celui qui fut fait à Suffren à son arrivée
« à Versailles. En entrant dans la salle des gardes,
« le maréchal de Castries, alors ministre de la ma-
« rine, dit : « Messieurs, c'est M. de Suffren ! » A ces
« mots, les gardes du corps se levèrent, et, quittant
« leurs mousquetons, lui formèrent un cortége jusqu'à
« la chambre du roi [1]. »

Le navigateur Kerguelen fut emprisonné au château de Saumur.

L'aristocrate Villaret de Joyeuse, commanda les armées navales de la République et mourut vice-amiral, chevalier de Saint-Louis et grand'croix de la Légion d'honneur.

[1] Hennequin. Biographie maritime.

Kersaint fut guillotiné.

Duperré, par un vrai miracle, ne perdit point sa flotte devant Alger et mourut au comble des honneurs.

J'en passe autant d'heureux que de misérables parmi les plus illustres.

Et qu'on vienne me dire que tout n'est pas affaire de chance, étrange série de hasards, élevant l'un, précipitant l'autre, sans qu'il soit logiquement possible d'en donner aucune espèce de raison.

Ceux ci sont persécutés, calomniés, flétris, jetés au cachot, mis à mort ;

Ceux-là sont honorés, admirés, applaudis, récompensés, élevés au faîte des prospérités humaines.

Heur et malheur !

Peste soit des vaniteux faquins qui, lorsque vous êtes abattu, ajoutent à votre infortune, ces charitables consolations :

— L'homme fait sa destinée. La bonne et la mauvaise chance sont de vains mots dont les incapables se servent pour déguiser leur incapacité. Vous n'avez ni talents, ni adresse, ni valeur, ni génie.

L'argumentation est si bien portée que j'ai failli croire, moi, que la fortune colossale de l'épicier Marc Doriflan et que la ruine complète de son voisin Joseph Grelu tenaient, l'une, au génie profond du premier, l'autre à l'inaptitude crasse du second.

Dans l'origine, pourtant, les denrées coloniales de

ces deux commerçants étaient également bonnes :
même café, même sucre, même cannelle.

Doriflan qui avait à sa disposition un capital de
trois cent mille francs, mit les siennes au rabais.
Grelu, avec son fond de roulement de quarante
mille, n'ayant pu soutenir la concurrence, ferma sa
boutique que Doriflan se hâta de louer pour s'agran-
dir. Après quoi, l'opulent épicier remonta ses prix
en fournissant de la marchandise inférieure.

Joseph Grelu, devenu son teneur de livres, en est
indigné, mais se tait, car comment vivre ? Il meurt à
petit feu ; sa maigreur fait pitié. Le gros Doriflan,
enfourchant le dada d'un orgueil titanesque, se vante
à tous propos des talents qui lui ont permis d'étouf-
fer dans le quartier toute fâcheuse concurrence.

L'épicier Doriflan saurait-il que chez les anciens,
le talent a valu jusqu'à 75,000 livres, monnaie de
France ?...

Quand l'infortuné Grelu s'avise de dire en confi-
dence à son ami Pierre Meloux : — Si j'avais eu
la chance de posséder, moi aussi, trois cent mille
francs, ce n'est pas Doriflan qui serait le patron. Je
sais mieux le métier, j'ai plus d'activité, d'ordre et
de méthode que lui...

— Ta ! ta ! ta ! interrompt Pierre Meloux qu'aucune concurrence n'a ruiné. J'ai fait mes humanités :
Labor omnia vincit improbus ! Tu manques d'étoffe
et tu te plains de la fortune, dormeur ! Comme on
fait son lit on se couche. Tu as toujours laissé passer
les bonnes occasions...

— Mais, mille diables ! riposte à bon droit Grelu, qu'est-ce que les bonnes occasions sinon la chance favorable ?

Il est très-bien porté dans le grand et le petit monde, dans l'entier, le demi, le quart, et le demi-quart du monde, dans le beau monde, le laid, le vrai, le postiche et quasi-postiche, — il est très-bien porté, en marine, après un avancement extraordinaire, — dans le commerce du beurre et des peaux de lapins, après un coup de fortune, — en littérature, après un bruyant succès de drame, roman, comédie ou vaudeville, — au jeu de billard, après avoir gagné la poule, — dans tous les corps civils ou militaires, après une décoration, une promotion au choix, une belle passe quelconque, — dans les sciences, les arts, l'industrie, la bohême, la finance et partout ailleurs, après une triomphante aubaine, de s'enorgueillir de son mérite et d'accabler de son dédain des concurrents distancés, vaincus, battus, rossés, aplatis par la déveine.

Au jeu de la vie, les gagnants sont insolents, — et par droit de naissance, s'ils sont venus au monde avec partie gagnée, — et par droit de conquête, s'ils ont eu les bonnes cartes en main ; c'est convenu mon pauvre Grelu ; résignons-nous !

— Est-ce donc ma faute, M. le ministre, disait Grelu l'officier de marine, si Votre Excellence ne m'a jamais donné que des missions insignifiantes ? Sans avoir brûlé une amorce, est-il possible de faire preuve de courage militaire? *La Diane* livre combat, mon camarade Doriflan, avec un excellent état-major et un équipage d'élite, remporte la victoire. Croyez bien, M. le ministre, qu'à sa place j'en aurais fait tout autant. Il est nommé capitaine de vaisseau, tant mieux pour lui!... Mais moi, Grelu, pourquoi me mettre en retraite d'office comme une vieille croûte de capitaine de frégate dont les états de service n'ont rien de saillant.

— N'est-ce donc point un fait, M. Grelu ? Qu'ont de saillant vos états de service ? Voyons !

— Hélas ! hélas ! murmure Grelu. Étant enseigne de vaisseau, tout plein de zèle, brûlant de feu sacré, je sollicite un embarquement sur *l'Exploratrice* qui devait faire une mémorable campagne autour du monde.

— L'avez-vous faite ?

— Mon Dieu non ! le major de la marine me campa sur le stationnaire. Plus tard, je ne négligeai rien pour faire partie de l'expédition de la Plata. .

— Eh bien ?

— Je fus colloqué sur un 160 qui voiturait des troupes entre Alger et Toulon. Lors de l'expédition de Crimée, je fus envoyé à la Martinique ; lors de l'expédition de Chine, j'étais en station dans l'Ar-chipel. — Enfin, pourtant, au Sénégal, je remonte une rivière à la poursuite des tributaires insurgés ; mon expédition dure six semaines, je n'aperçois pas le talon d'un seul ennemi ; les monstres se tenaient cachés ; les trois quarts de mes gens périssent de la dyssenterie, je reviens mourant avec une santé délabrée pour jamais...

— Raison de plus pour vous mettre à la retraite.

En conséquence, Grelu qui s'est fixé rue de Fleurus, près de la rue Jean Bart, peut méditer à son aise sur les vicissitudes nautiques en se promenant sous les vieux arbres du Luxembourg.

Mais Doriflan ?...

Le capitaine de vaisseau Doriflan, le seul officier de son grade ayant, par un concours de hazards heureux, rempli les conditions nécessaires pour devenir contre-amiral, ne peut manquer d'être nommé... pourvu qu'il y ait une promotion.

Y en aura-t-il une ?... n'y en aura-t-il point, là, tout de suite, aujourd'hui ou demain ? — car après demain, bonsoir ! Quelqu'autre capitaine de vaisseau va se trouver en mesure de lui faire concurrence. Il ne suffit pas, en effet, d'avoir eu le bonheur de commander en chef, pendant le temps déterminé par les ordonnances, une réunion de navires de guerre, — condition qu'il n'est donné à personne de remplir par le fait de sa propre volonté, — il faut encore qu'une promotion ait lieu en temps utile, sans quoi...

— Sans quoi, mille tonnerres ! s'écrie le capitaine de vaisseau Doriflan, j'ai beau être protégé, d'Ormeuil dont les protections sont supérieures aux miennes aura, de son côté, eu le temps de remplir les conditions !.... Maudite course au clocher !... Aurais-je donc usé six paires de bottes vernies et soixante-quatorze paires de gants en démarches sans résultats ?... O mon étoile, pâlirais-tu ?

Tant qu'il ne s'agissait que du pauvre Grelu, Doriflan niait l'influence de la chance ; il s'agit de d'Ormeuil maintenant, Doriflan change de gamme.

— Quant à moi, disait Emilien Vornis qui se vante d'être fataliste, je m'abandonne en aveugle à ma destinée. Si je suis lieutenant de vaisseau, c'est parce que, l'hiver dernier, l'idée d'aller au bal de l'opéra me passa par la tête.

— Très-bien, Vornis, mais raconte-nous ton aventure.

III

AU BAL DE L'OPÉRA

— Quand je prends du café le soir, j'ai des insomnies épouvantables, dit le lieutenant de vaisseau Vornis en faisant fondre le sucre de son grog.

Car la scène se passe à l'estaminet des Mille Colonnes où nous nous réunissions assez habituellement.

— Tout fataliste que je suis, et peut-être parce que je suis fataliste, je passe en revue mes bonnes et mes mauvaises chances, je les compte et les compare ; je m'agite, je m'irrite, je me mets le sang en feu. Bref, je me prive systématiquement de café. Mais, j'avais dîné chez madame la baronne de Valforain...

— Femme charmante !...

— La blonde idéale !... Un bijou de baronne !

— Trilby !...

— L'Aurore déguisée en parisienne !...

— Flatteuse unanimité !

— Eh bien, messieurs, déjà deux de ses convives avaient refusé le café qu'elle nous offrait avec sa grâce enchanteresse. Pouvais-je, moi troisième, refuser encore ?

— Impossible !

— A minuit donc, plus éveillé qu'un pierrot, je me trouvai devant le passage de l'Opéra. En haine des insomnies, j'entre au bal, seul de ma bande, et parfaitement résigné à m'ennuyer magistralement.

— Fi donc, Vornis !

— Je ne cours jamais après les aventures, autre conséquence de mes principes.

— Mais les aventures te courent après ?

— Rarement. Cette fois, pourtant, au bout de deux heures ultra-soporifiques, ahuri, hébété, bâillant comme un bivalve, les yeux en papillotes et la cervelle mise en bouillie par le tourbillon des mascarades, je commençais à trouver sans danger pour mon repos le café de la blonde baronne. J'allais m'acheminer vers le vestiaire, quand...

— Ah ! ah ! voici venir la double épaulette !

— Un pétillant domino bleu me prenait le bras sans façon : — « J'ai perdu mon cavalier et changé de costume, en t'apercevant ici mon pauvre enseigne de vaisseau ! » — « Trop aimable, joli masque ; tu me connais donc ? » — « Hélas ! mais tu ne me connais pas. » — « Je serais sans excuses, si j'avais seulement entrevu ces beaux yeux noirs, ce délicieux menton, cette tournure élégante... » — Un léger éclat de rire, moqueur et velouté, m'interrompit : — « Tu m'as entrevue vingt fois, tu m'as parlé en passant, tu n'as jamais su me regarder en face. » — « Je suis décidément un grand coupable. » — J'offris des rafraîchissements, je me risquai jusqu'à valser ; puis nous allâmes nous reposer dans une loge. Mon domino bleu avait une taille à la main, des pieds d'andalouse, de magnifiques cheveux noirs. Il faisait chaud. Ses épaules blanches et dodues achevèrent de m'éblouir...

— Tu n'avais plus regret à la demi-tasse, je suppose ?

— Mon étoile connaissait le ministère de la marine sur le bout de l'ongle... un ongle rose, arrondi, moulé ! La petite chronique de la rue Saint-Florentin paraissait être son fort.

— C'était donc la baronne ?

— Vous oubliez que ma conquérante, vieux style, est brune comme Vénus-Mélanie. Vers la fin du bal, la Maison-d'Or nous réunit en tête à tête. Nous ne parlions plus de la marine, de ses bureaux ni de ses salons. Je vis sous des lèvres roses et fraîches les

plus jolies dents du monde ; ces lèvres ni ces dents ne
me rappelèrent rien, et le loup de velours s'obstinait
à ne pas tomber. Enfin, le souper achevé, on ne
voulut pas être reconduite : — « Compte sur mon
crédit si tu reviens la semaine prochaine. » Et mon
domino bleu s'éclipsa.

— Le samedi suivant, tu fus exact, j'imagine ?

— Plus qu'exact. J'avais pris triple dose de café.
J'arpentais les couloirs, allant du foyer à la salle, de
la salle au foyer, avec l'impatience des dernières
minutes du quart de minuit à quatre heures quand
il gèle à empeser le grand foc. J'appuyais la chasse
à tous les dominos bleus ; je me crus mystifié. Il était
près de trois heures quand une bergère à rubans
de feu mit fin à mon attente. Je reconnus mes yeux
noirs et mes blanches épaules.

— Passons !... et le loup de velours ?

— Immobile. On me raconta d'une manière fort
piquante tout ce que j'avais fait depuis le samedi
précédent, tout ce qui s'était dit rue Saint-Florentin,
chez la baronne, dans les bureaux et bien ailleurs.
On finit par m'annoncer très-sérieusement que mes
états de service avaient été mis sous les yeux du
ministre et très-chaudement appuyés.

— Bien, après ?

— Après trois autres bals de l'Opéra, où je ren-
contrai successivement une odalisque, une gitanita
et enfin un débardeur, toujours aux grands yeux
noirs et aux épaules blanches, il y eut une promotion, je m'y trouvai compris.

— Nous diras-tu le mot de l'énigme ?

— Si je le savais, peut-être. Malheureusement, le loup de velours ne s'est jamais détaché.

— Vornis nous fait un conte arabe.

— Pardon ! une histoire parisienne. Une tasse de café acceptée par excès de politesse, cinq bals masqués, autant de petits soupers galants, une paire de bracelets et quelques autres bagatelles ; tels sont, messieurs, les glorieux exploits qui me valent la double épaulette.

— Vornis, tu n'est qu'un fat.

— Je ne me suis pourtant pas vanté d'avoir pris un vaisseau à l'abordage.

— Non ! il s'est laissé prendre par une corvette.

— Disons soubrette et n'en parlons plus !

Laurent Furet celui de nos camarades qui prononça le mot *soubrette*, prétend que la Vénus-Mélanie de Vornis n'est autre que la camériste de madame la baronne du Valforain, mais cette version manque absolument d'authenticité.

Une soubrette faire un lieutenant de vaisseau !

— Vous ne savez donc pas, ajoute Laurent Furet, que le chef du personnel a une prédilection marquée pour les beaux yeux noirs....

— Arrière de tels cancans !... Il serait plus juste de dire que les états de services de Vornis sont superbes...

— Ou plus simplement qu'il a voulu poser en homme à bonnes fortunes.

— Comme il vous plaira! Remarquez seulement que les états de service de Fernaly sont éclatants, et pourtant il n'avance pas !

— A qui la faute ? Il ne vient jamais à Paris.

IV

CRITIQUES SÉRIEUSES

— Savez-vous bien que votre bal de l'opéra manque absolument de cachet ? Qu'y a-t-il là de marin ? Ce qui est arrivé à votre Vornis, au ministère de la marine, aurait aussi bien pu advenir, en changeant tout simplement le nom du ministère, à un lieutenant de hussards, à un ingénieur des ponts et chaussées, au premier commis venu, voire à un substitut du procureur impérial ou à un professeur d'humanités.

— D'accord !

— Pourquoi donc mettre en scène un marin ?

— Pourquoi pas un marin ? répliquerai-je.

— Mais... parce qu'il s'agit de *Marins à Paris*, et qu'il faut absolument donner aux aventures terrestres de vos navigateurs un caractère original.

— Hélas! hélas! hélas!... vous l'avouerai-je, ce

que vous exigez est l'impossible, le faux, le fantastique, le rebours du sens commun....

— Oh! oh!... à d'autres! vous n'avez pas su voir et observer.

— J'ai le tort d'être sincère. J'ai dit et redit cent fois que nos officiers de marine en congé dans l'intérieur de la France, évitent avec soin de s'y afficher comme marins. Ils se tiennent tellement sur leurs gardes qu'une expression technique ne trahit presque jamais leur incognito. Ils éprouvent le besoin de se retremper dans l'existence sociale, d'oublier les misères de bord, de vivre comme tout le monde, de porter l'habit bourgeois et le chapeau rond, et de fuir autant que possible les inévitables questions dont on les assaille sur leurs grandes navigations, leurs aventures, leurs combats, le serpent de mer, les baleines et les tempêtes.

— Ouf !... vous me crispez !

— J'en suis désolé, parole d'honneur !

— Si je m'avisais, moi, d'esquisser la vie parisienne des marins, je vous jure que je ne serais pas à court de si tôt...

— Voyons! allez, j'écris sous votre dictée.

« Le marin à Paris est en pays conquis! il jure, il
« sacre, il saccage, ne fait qu'une bouchée d'une
« douzaine de gandins, ne passe pas sur le boulevard
« sans que la foule s'amasse émerveillée par ses
« excentricités et le tapage qu'il se complait à faire »

(*A parté*). Mon critique sérieux aurait-il sérieusement vu cela?

« Il entre dans un estaminet, hêle le garçon d'une
« voix retentissante, vide d'un trait un flacon d'eau-
« de-vie, jette une pièce d'or à la tête du *boy*, mais
« n'attend pas la monnaie, entonne un couplet na-
« val, embrasse la dame de comptoir, renverse sur
« son passage les joueurs de billard, s'amuse de
« leur colère, fait le moulinet avec un tabouret de
« chaque main, et finit par offrir un punch colossal
« qu'on accepte en riant, car on se dit : — « c'est
« *un marin* en train de faire ses farces à Paris ! »
« Il entre au théâtre, force la consigne des coulisses,
« enlève la première chanteuse au moment où elle
« doit paraître, et fait répondre au public qui tré-
« pigne par un régisseur épouvanté, qu'il faut bien
« que le marin s'égaye ! -- De temps en temps, il se
« précipite dans la Seine du haut des ponts, plonge,
« nage entre deux eaux et quand l'alarme s'est ré-
« pandue sur les deux quais, se remontre en criant :
« — Ne prenez pas la peine de vous déranger, ce
« n'est que de l'eau douce ! »

— Mais, au nom du ciel, vous me crispez à votre
tour ! où diable avez-vous vu un pareil animal ?

— Mon marin à moi a de la couleur au moins ! ce
n'est pas un vulgaire solliciteur, un officier qui ne
rêve qu'avancement en grade ; on n'est pas assez
souvent à Paris, pour y vivre sottement comme
un premier clerc de notaire !... Je veux que mon
type larde tous ses propos de *tribord, babord, ver-*
gue, amarre, amure et caliorne. Si l'on n'entend
rien à son jargon, il se fâche. Un duel ou deux par

semaine sont ses divertissements favoris. Il y a des témoins à gage. Jamais un anglais n'entrera dans le lieu où il se trouve, sans qu'il lui écrase le pied ou lui défonce une côte.

— De mieux en mieux !

— Certainement ! En sa qualité de marin il grimpe mieux qu'un singe ; il n'a jamais le vertige et peut rendre des points aux plus habiles funambules. — On l'a vu à l'hippodrome se faire un jeu de se promener sur la corde raide en fumant le cigare. On l'a vu descendre du haut des tours de Notre-Dame, en s'accrochant aux saillies extérieures.

— En vérité, l'on a vu cela ?

— Comment donc ! l'autre soir, quatre officiers de marine en petite tenue, sont allés en calèche sur la Seine du pont d'Iéna au pont d'Austerlitz. Chaque cheval avait les pieds dans des sabots à poulaine, de gros tuyaux de caoutchouc attachés aux essieux soutenaient la voiture à flots...

— Et ils n'ont pas fait la culbute ?

— Pas le moins du monde ! du reste leur calèche était assurée contre le naufrage.

> Il fait en ce beau jour le plus beau temps du monde
> Pour aller à cheval sur la terre et sur l'onde ;

Lisez *Plick* et *Plock*, vous y verrez que les capitaines bien appris ont leur écurie à bord, font abaisser un pont-levis sur les flots, et, à l'instar de feu Poniatowski, s'y élancent à cheval, mais sans se noyer, bien au contraire !

Le coursier entend si bien son métier de cheval marin qu'il dépose son maître sur le rivage sans que celui-ci ait seulement mouillé les semelles de ses bottes. S'il faut sauter sur un quai, le quadrupède se comporte en poisson volant; on le voit les quatre fers en l'air sortir de l'eau, où, une fois déchargé, il se replonge de lui-même pour retourner tout tranquillement et tout seul à son écurie. Pour le coup, à la bonne heure ! voilà de la peinture à la fois saisissante et vraie !... Vous vous obstinez, vous, à nous faire des marins sans principes d'équitation....

— *Meâ culpâ* ! Je m'aperçois un peu tard que le vaisseau école est à Saumur.

— Mais pourquoi pas ? Saumur vaut bien Angoulême, et la Loire est, mille millions de sabords d'arcasse ! autrement large que la Charente !...

— Tenez ! vous jurez avec tant *de couleur locale* que je vous dois quelques concessions.

.   .   .   .

V

LES MARINS POUR PARIS

Quoique le métier de corsaire, consiste à éviter le combat autant que possible et à faire, pour remplir la caisse de l'armateur et les ceintures de l'équipage, des prises de pacifiques commerçants qu'un coup de canon à poudre force à se rendre sans résistance ;

Quoique le corsaire déteste *les marchands de boulets*, c'est-à-dire les navires de guerre ennemis, et prenne sagement le large dès qu'il en rencontre un, même inférieur en force, parce qu'en l'attaquant il risque de perdre beaucoup et n'a chance de gagner que très peu de chose ;

Quoique le corsaire n'ait d'autre but que de désoler le commerce maritime de la nation ennemie, de s'enrichir en la ruinant, et non de se frotter à ses vaisseaux de guerre ;

Malgré tout cela, le corsaire, régulièrement pourvu de lettres de marque et autorisé par son gouvernement à faire la course, sait fort bien que les fortunes de mer sont changeantes, que pour enlever un convoi il faut se débarrasser des convoyeurs, que pour échapper à un croiseur de marche supérieure, le meilleur moyen est de le battre, et qu'enfin à défaut de bonnes aubaines on doit se contenter de rafles de peu de valeur.

Bref, quand le corsaire ne peut faire autrement, il livre ou accepte le combat, et dès lors, — *mille bombes!* comme aurait dit M. Scribe, — il prouve qu'il sait manier vaillamment le feu, le fer, le sabre et la hache d'abordage ; il n'y va pas de main morte, — *mille millions de sabords d'arcasse !* pour me servir de votre juron, monsieur mon critique, — et bref, IL DISLOQUE l'ennemi.... (DISLOQUE n'est pas de moi, mais bien de l'auteur de ce drame aqua-

tique dont, il a été question page 72 de *la Frégate
l'Introuvable*).

Mille bombes ! millions de sabords !... (couleur
locale) — DISLOQUER, nouveau terme maritime, (*Vocabulaire nautique* du Gymnase ou de la porte St-
Martin).

— Cependant, objectez-vous, les flibustiers, Jean
Bart, Duguay-Trouin , Surcouf, n'évitaient pas le
combat autant que vous le dites.....

— *Ahi ! povero !...* On ne peut tout expliquer en
badinant. Je vous dirai que, du temps des flibustiers,
galions et simples marchands étaient toujours plus
ou moins armés en guerre, auquel cas, vous le con-
cevez, il fallait nécessairement se battre pour rafler
quelque chose. Vous saurez encore que les flibustiers
se firent conquérants tantôt pour leur propre compte,
tantôt pour celui de la France qui leur donna des
gouverneurs, reçut d'eux la suzeraineté de colonies
considérables et les engagea parfois comme auxiliaires de ses flottes. — Jean Bart, dont je me réserve
de raconter bientôt à ma manière la dramatique histoire, ne fut pas une exception : Avant d'entrer dans
la marine du Roi, c'est-à-dire tant qu'il fut simple
corsaire Dunkerquois, il captura sans coup férir une
foule de marchands, mais il trouvait embarrassants
des croiseurs dont il se débarrassait pour avoir le
champ plus libre. Que diable voulez-vous, c'était
là sa façon de voir et de faire ! Du reste, l'Etat
intervint dans les armements, Seignelay et Louvois
s'associaient pour payer les frais de certaines expé-

ditions en course ; enfin, le trésor les prit en tout ou en partie à sa charge. Parfois les navires du roi étaient mis à la disposition de corsaires tels que Duguay-Trouin. — Des missions belliqueuses furent données alors à des capitaines dont le *métier* se changea en *service*. — Quant à Surcouf, il fut bien obligé dans les mers de l'Inde de faire ce qu'avait fait avant lui Mahé de Labourdonnais son immortel compatriote. Il se créa des ressources, il fit la guerre pour protéger ses propres opérations contre la compagnie anglaise des Indes. — Le corsaire ordinaire n'en doit pas moins éviter les engagements et viser exclusivement aux riches captures. Quelques superbes aubaines l'ont-elles rendu opulent, il trouve son port d'armement trop petit et sans attraits. Il veut dépenser magnifiquement en quelques jours une fortune de roi ; il se rappelle qu'il y a un *Paris pour les marins;* il part en chaise de poste précédée de quatre postillons. N'allez pas, je vous en prie, me parler des chemins de fer que jamais corsaire français n'eut à sa disposition. Mon coureur d'aventures est, sans contredit, de la famille de votre marin de tout à l'heure. Il y a toujours un peu de vrai dans le faux qu'on débite. Sous l'Empire, les corsaires de la Manche jetaient l'or et l'argent par les fenêtres, au propre et au figuré : — Au figuré, à Paris, dans les personnes de leurs capitaines qui la passaient courte et bonne avant de reprendre le large ; — au propre, en maints cabarets du littoral, où les matelots faisaient frire leurs écus qu'ils laissaient tomber tout

bouillants dans la rue, afin de se donner le plaisir
de voir la population se brûler les doigts en les ra-
massant.

Mettez sur le compte des corsaires de ce temps-là
toutes les excentricités imaginables, vous ne violerez
aucune vraisemblance. Mais transformer l'officier de
marine contemporain en capitaine Sabord, en capitaine Fracasse, en Tranche-Montagne, en Croque-
mitaine, en avaleur d'écoutes de focs, — l'opéra-
comique lui-même s'est corrigé de ce travers
traditionnel, de cet anachronisme qui n'a plus cours
que parmi les portières de la rue St-Denis.

Voulez-vous pourtant un tout petit vestige des
ridicules dont le comte de Forbin affublait jadis, à
plaisir, notre sublime Jean-Bart, allez frapper à la
porte des écoles préparatoires pour la marine. Les
tout jeunes gens posent encore quelquefois en loups
de mer. A bord du vaisseau école, j'avais un camarade qui se promettait, quand il viendrait en va-
cances à Paris, de ne plus descendre les escaliers
qu'à reculons, (genre marin,) — de porter un collet
de chemise bleu et une ceinture rouge, (genre archi-
marin, voir *les canotiers de la Seine*,) — de porter
un sabre d'abordage à gauche et un poignard à
droite, (*nec plus ultrà* du genre).

Il y a peut-être aussi quelques incorrigibles ci-
devant jeunes loups, qui ont conservé les travers
naïfs de l'aspirant tout heureux encore de porter sa
première aiguillette. Mais les grammairiens nous
enseignent que l'exception confirme la règle. D'ail-

leurs, à quoi se bornent les exploits de ces masques de plus en plus rares ? — A de pauvres hableries, à mettre en pratique le proverbe : « A beau mentir qui vient de loin. » Malheureusement aujourd'hui avec les chemins de fer, les clippers et les paquebots transatlantiques, il devient fort difficile d'arriver d'assez loin pour avoir beau mentir. Tous les salons sont remplis de simples bourgeois qui connaissent à merveille l'Inde, le Pérou, l'Australie ou la Californie. L'officier hableur est obligé de se rabattre sur des bourdes. Il a vu des sirènes comme le classique Ulysse...

— Mais on en trouve à Paris !

— Des monstres marins !

— Mais on en fait à Paris, témoin les vaisseaux de la Porte Saint-Martin.

— Des trombes, des îles flottantes, des volcans sous-marins, des dragons de mer, des banquises géantes, des tremblements de terre, des baleines, des requins, des poissons volants...

— Mais tout cela est vulgaire. Les savants de Paris en savent mille fois plus long que vous sur ces sujets qui ont perdu l'ombre de caractère fabuleux, et les simples gens du monde ne vous écoutent que par politesse.

J'aime mieux, en fait d'excentrique, certain officier de marine, bon plaisant qui avait renversé le rôle, questionnait tout le monde sur la mer et ses baleines, se faisait renseigner par tous venants sur l'art de naviguer, et, feignant d'ignorer ce que

savent les moindres écoliers s'extasiait en apprenant
que la mer fut salée.

— Est-ce bien possible!.. Franchement, madame,
êtes-vous bien sûre qu'il y ait au monde assez de sel
pour saler tant d'eau.

Il était fort brave et se complaisait à se faire traiter de poltron. En passant un bac, il s'écriait en
tremblant :

— Nautonnier, sommes-nous en danger de périr?
Cher nautonnier!... cette onde est-elle profonde,
dites-moi ?

Sur quoi, le marinier haussant les épaules, mar-
mottait qu'il n'avait jamais rencontré pire pleurard.

Les facéties analogues de notre vaillant camarade
ont fait les délices des escadres du Levant et du
Ponant. Elles sont en somme de meilleur goût que
les célèbres prouesses du capitaine Dub... qui, sous
le premier empire, faillit vingt fois se faire lapi-
der.

Un jour, il imagine de mystifier la population en-
tière d'une petite ville des environs de son port
d'armement. Il a fait dresser au milieu de la place
une baraque de saltimbanque d'où le tambour de la
mairie bat l'assemblée. Vêtu d'une longue robe de
magicien, le capitaine, — un capitaine de vaisseau, rang de colonel, — interpelle la foule :

— Habitants de cette ville, êtes-vous tous là? de-
mande-t-il.

— Non ! mais pourquoi ça? répondent les spectateurs.

— J'ai à vous faire voir ce que vous n'avez jamais vu ! Je veux que vous soyez tous témoins de ce spectacle extraordinaire ! Allez, allez prévenir vos amis, vos parents ! roulez, tambours !... sonnez, trompettes !

La foule augmente. De dix minutes en dix minutes, le mystificateur répète :

— Habitants de cette ville, êtes-vous tous là?

Il ajoute à sa question mille drôleries qui surexcitent la curiosité. La place finit par être pleine. On est allé relancer jusqu'à M. le maire.

— Eh bien ! regardez! Voici ce que vous n'avez jamais vu !

Et à ces mots, l'indécent farceur retrousse sa robe sous laquelle il n'y avait plus de culotte.

Horreur ! indignité ! on voyait en effet ce qu'on n'avait jamais vu, ce qu'on n'aurait jamais dû voir.

Une fureur soudaine s'empare des trois quarts des spectateurs, pendant que les autres se retirent en riant aux éclats. Les premiers ramassent des pierres, la barraque est renversée et mise en pièces, mais le capitaine Dub... s'est enfui à franc-étrier par une ruelle, il galope sur la grand'route ; on le poursuit sans l'atteindre, non sans le reconnaître.

Une disgrâce bien méritée fut la conséquence de cette incartade. Attendu cependant la bravoure du personnage, la marine impériale ne se priva point de ses services. Il fut expédié dans l'Inde, s'y comporta en héros, battit vingt fois les Anglais, devint non moins fameux par ses exploits de guerre que par ses insolentes farces, mais ne put jamais obtenir les épaulettes de contre-amiral.

Ne craignez point de la part de nos contemporains de pareilles causes d'arrêt dans leur avancement. — Ils sont convenables, à Paris surtout. Plus on est près du ministre, plus il est prudent d'être sage, plus il est sage d'être prudent.

Restent donc les ragots des portières.

Brest et Toulon, pour certaines variétés de l'espèce bourgeoise, furent longtemps synonymes de bagne. Peu s'en fallait auprès de ces petites gens que *marins* et *galériens* ne fussent synonymes; j'ai connu, moi qui parle, une dame à chapeau rose qui faisait cette aimable confusion.

Je me rappelle encore avoir excité la pitié profonde d'une cloporte de la rue des Martyrs qui apprenant d'aventure que je servais dans la marine, s'écria d'un ton lamentable :

— Marin sur mer, pauvre jeune homme !

Un jour que, par hasard, j'avais arboré mon grand uniforme d'enseigne elle changea de gamme et demeura ébahie, en criant :

— Tiens ! le voilà en général !

Elle se souvint heureusement que le carnaval n'était pas fini et se calma en me croyant déguisé.

Les marins pour Paris ou du moins pour une certaine portion crédule et arriérée de la population parisienne, sont, comme l'on voit, bien autrement pittoresques que *Paris pour les marins*.

A ces braves gens, il faut absolument un récit de

de *tempête*.Que faire donc? Vais-je leur refuser tout agrément? — Non ! je n'ai pas le cœur assez dur. Mêlons donc, selon le précepte classique, mêlons le grave au doux, et le sévère au plaisant. — *Paris pour les marins* serait incomplet sans une TEMPÊTE, c'est bien avéré... En avant donc, et vivement !

LA TEMPÊTE

I

UNE ORAGEUSE SÉANCE DES SEPT-ET-UN

Nous nous réunissions alors tous les soirs, dans la chambre d'un de nos camarades que nous avions élu d'emblée maîtresse de maison, ou, si l'on aime mieux, président perpétuel. Notre association amicale avait un but fort louable d'économie domestique. Il avait été reconnu qu'on ferait en commun les frais d'une lampe et d'une vaste table, et que chacun des membres du petit club serait libre de se livrer à ses occupations, sans préjudice des causeries générales ou particulières. Des subsides votés mensuellement défrayaient le chauffage, l'éclairage et l'augmentation de loyer du président qui, pour nous faire place, avait dû transporter dans un cabinet contigu ses dieux lares, c'est-à-dire un méchant lit et un vieux bahut, sur lequel reposaient ses ustensiles de ménage.

La *Société des sept-et-un*, tel était le nom que nous avions choisi, dura bien un hiver tout entier.

Après quoi, l'un partit pour occuper une chaire de droit en province, c'était notre doyen ; — l'autre alla recueillir un héritage au-delà des ponts et fut perdu pour ses compagnons de la rue Saint-Jacques ; — un troisième fut envoyé en Italie ; — un quatrième aux Grandes-Indes ; — le plus jeune entra à l'Ecole polytechnique ; — bref, notre cercle se rompit et le combat finit faute de combattants.

Quand je me reporte à cet hiver passé dans le quartier latin, je ne puis m'empêcher de penser que c'était le bon temps ; et je ne suis pas le seul.

En 1837, le rimailleur de notre bande écrivait de l'autre bout du monde à notre ex-président :

> Un an, depuis ces jours de commune allégresse,
> Un an s'est écoulé ;
> Tels que des passereaux qu'une pierre traîtresse
> Chasse loin d'un grand tas de blé,
> Chacun de nous s'est envolé.

Il parlait ensuite de la route que chacun avait prise, dépeignait notre doyen dans sa chaire commentant le droit romain avec une gravité pédantesque, notre artiste copiant avec amour une toile de Raphaël à Rome même, notre jouvenceau entrelaçant des x à des y au moyen de toutes sortes de signes algébriques. Il passait les autres en revue, et s'adressant à notre digne chef de chambrée :

Vous êtes resté seul, ô Mentor ! je vous plains,
Car vous n'entendez plus nos burlesques refrains.
Vous avez, il est vrai, les Muses et l'étude
Pour charmer les ennuis de votre solitude ;
Mais.   .   .   .   .

On devine le reste de l'épître. Plus de contrastes, plus de gaîté, plus de ces profondes dissertations qui succédaient aux plus ingénieuses théories.

Dans notre salle enfumée, c'était merveille de voir comme nous mettions en pratique l'adage de Boileau que je citais tout à l'heure. Souvent une sérieuse discussion sur les Mérovingiens ou la langue celtique succédait presque sans transition à un Pont-Neuf ou à une thèse badine.

Je me rappelle entre autres une certaine soirée comparable aux plus orageuses séances de la chambre des députés ; il ne s'agissait cependant de rien moins que de politique, l'on en était sur la mythologie hindoue. Les orateurs fort animés ne parvenaient à se faire entendre qu'à grands renforts de poumons :

— Ne me parlez ni de Vichnou, ni de Brahma, s'écriait un des interlocuteurs. Parmi les divinités Indiennes, il n'en est qu'une, c'est Siva le destructeur, ou plutôt le modificateur ; le culte sivaïte est complet. Bhavani l'épouse de Siva, étant la même que Ganga ou le Gange, est la réparatrice des désastres...

— Oh ! oh ! mon cher, interrompit une voix, on s'aperçoit que tu n'as pas cherché le mythe caché dans les transformations de Vichnou le conservateur.

— Attention ! s'il vous plaît, je réclame pour Brahma ; il faut commencer par le commencement.

— Messieurs, reprit le président, permettez-moi de prendre la parole, je veux tâcher de vous concilier.

— La parole à Mentor ! hurlèrent à la fois trois des profanes (et j'étais du nombre) incapables de prendre une part active à la lutte.

Nous fîmes chorus avec un si touchant accord, que le brahmaïte, le vichnouïte et le sivaïte s'apaisèrent ; notre président prit la parole :

— Messieurs, dit-il, mon opinion, conforme à celle de la plupart des savants, est que l'on pourrait poser une proportion ou plutôt une progression entre les divinités principales.

Aux mots de proportion et de progression, le futur polytechnicien, qui étudiait la géométrie descriptive à l'autre bout de la table, leva la tête :

— Ainsi, poursuivit Mentor, l'on pourrait dire que Brahm est à Maïa, comme Brahma, Vichnou et Siva sont à Saraçouati, Lakmi et Bhavani, en sorte que les trois systèmes secondaires pourraient être ramenés à un système primitif.....

Ici eut lieu une telle explosion de cris de toute espèce, que l'orateur s'interrompit :

— Non ! non ! voyez les Pouranas !... — Mais remarquez que le paganisme grec.... — Que dites-vous là ? Oubliez-vous que Bhavani est l'Isis hindoue !....
— Les Egyptiens.... — Ecoutez ! écoutez ! — Jupiter et Junon, Neptune et Amphitrite, Pluton et Proser-

pine... — Mais, vous dis-je, Siva avait cinq têtes et quatre mains, et le Soleil... — La Mythologie à la porte ! — La Mythologie à la porte !

Ce cri qui partait du centre prévalut ; il y avait déjà un quart-d'heure que le jeune mathématicien s'occupait avec une admirable application des projections verticales et horizontales d'un cône tronqué ; mais le bruit cessa si brusquement qu'il en fut comme étourdi et promena sur nous ses regards interrogateurs.

Enfin, voyant que chacun reprenait son cahier ou son livre, il en revint à son épure.

Après une demi-heure de silence, notre ami Onésime né natif de Lunéville, s'écria tout à coup : « Les érudits sont bien heureux ! Et je n'ai qu'un regret, c'est de n'être point né érudit. »

Un bruyant éclat de rire accueillit ce propos :

— Encore une naïveté d'Onésime.

— Aurait-il voulu être la doublure de ce Juste Lipse, qui composa un ouvrage le jour même de sa naissance ?

— Il eût fait le second volume !

— Il tombe de la lune ! — Qui parle de lune ? il est de Lunéville ? — L'une et l'autre ! — L'une attique. — Lunette ! — L'uniforme ! — Pampelune ! — L'univers ! — L'unitaire ! — L'unisson !

A ce dernier mot, Onésime lui-même entonna : *Au clair de la lune*, ce qui mit fin au feu roulant des quolibets et des mauvais calembourgs.

L'âne de Lafontaine ne fut pas plus honni quand il avoua son méfait aux animaux malades de la

peste, que le brave lorrain après son exclamation ;
mais lorsque l'orage fut calmé :

— Et vous ? demanda-t-il au piocheur d'épures,
ne seriez-vous pas ravi d'être né avec les mathéma-
tiques infuses ?

— Oh ! pour ça oui, ce malheureux cône tronqué
ne me tourmenterait plus autant ! répliqua le *taupin*.

Comme on voit, une armée tout à l'heure pleine
d'ardeur et de courage, prise d'une terreur soudaine
qui passe des simples soldats aux plus bouillants
officiers, s'enfuir précipitamment ; comme on voit
une émeute furieuse dispersée par une averse, une
assemblée législative réduite au silence par un ar-
gument imprévu, une meute lancée perdant la piste
et revenant brusquement sur ses traces, une brise
tournant du nord au sud, que dirai-je encore ? —
Rien. Mieux vaut ajouter tout simplement qu'à la réponse du jouvenceau, chacun fit de semblables dé-
clarations. Ce fut à qui énumérerait les connaissances
qu'il voudrait posséder sans avoir pris la peine de
les acquérir.

Onésime était triomphant.

Mentor seul nous écoutait avec un sourire em-
preint de bonhomie. Il pensait que le savoir doit
être le fruit du travail. Aussi, quand la nomenclature
de toutes les sciences et de tous les arts fut épuisée,
il nous fit un discours que j'aurais sténographié, si
l'art sténographique n'avait été précisément l'objet
de mon premier souhait, ce qui prouve que je l'ignore
complétement. En effet, sauf le candidat que mena-

çait un examen, il est à remarquer que chacun dési-
rait savoir le mieux ce qu'il ignorait le plus. Ce fut
là le texte de notre sage président. Mais la postérité
— (c'est-à-dire les lecteurs du présent chapitre) —
sera privée de ses éloquentes tirades.

Elles auraient dû me convertir, j'en conviens ;
elles étaient plus sensées qu'on n'eût été en droit de
l'attendre d'un membre de notre folle réunion, et
cependant, encore aujourd'hui, je ne puis m'empêcher
de regretter de n'être pas *né érudit*, comme disait
notre ami Onésime.

Si j'étais érudit avec quelle facilité j'aborderais
mon sujet. Au lieu de vous introduire dans notre
mansarde du quartier latin, je citerais Homère, le
premier des romanciers maritimes ; je pourrais même
remonter au déluge qui fut aussi dans son genre une
fameuse tempête.

De l'Odyssée au voyage des Argonautes, la transition serait classique. Pour parler des premières tempêtes célèbres, je n'aurais qu'à me reporter à moins
d'un siècle avant la prise de Troie.

Les enfants de Borée chassent les harpies de la
Bithynie, — tempête.

La jeune Hellé périt dans l'Hellespont, — tempête.

Jason lutte contre les flots courroucés du Pont-
Euxin, l'Océan Pacifique de ces temps reculés, autre
tempête.

Hésiode a chanté la tempête, Pausanias, Apollo-
dore, Diodore de Sicile, Hérodote, ont tous raconté
des tempêtes.

Hercule commanda, dit-on, une escadre de dix-huit vaisseaux ; les caravanes maritimes de Thésée, de Persée, de Cadmus et de tant d'autres sont fécondes en tempêtes.

Virgile, Ovide, Horace ne se font pas faute de ce grand ressort poétique. — Dans le domaine des fictions, dit Boileau :

> Ce n'est plus la vapeur qui produit le tonnerre ;
> C'est Jupiter armé pour effrayer la terre.
> Un orage terrible aux yeux des matelots,
> C'est Neptune en courroux qui gourmande les flots.

Quel est le poëte qui n'a point mis en branle les montagnes humides ?

Si j'étais érudit, je n'aurais qu'à choisir entre les plus illustres. L'*Enéide* me serait ouverte en vingt endroits ; les *Lusiades* m'offriraient cent passages ; Ossian et Shakespeare, Santa-Ritta ou Lord Byron, les anciens et les modernes, tous, jusqu'à MM. Delille et La Harpe, seraient mes auxiliaires.

Je ne parle pas des auteurs contemporains, ils n'ont que faire d'Éole et de Neptune ; ils se soucient d'Adamastor comme des Açouras ; ils ne veulent pas davantage d'Ariel et des Ondines ; ils sont allés étudier la tempête au Grand-Opéra, sur le lac d'Enghien ou même d'après l'Océan, comme Joseph Vernet. — Ce dernier procédé, entre nous, n'est pas le plus ridicule.

Si j'étais érudit, j'aurais encore la ressource de parler du *tyrannique fortunal* qui assaillit Panta-

gruel au-delà des îles de Tohu-Bohu. Simbad des
Mille et une nuits, Robinson, Gulliver et Télémaque
m'appartiendraient encore, sans compter le capitaine
Cook et ses émules.

Et si j'étais savant! pour le coup j'aurais la partie
trop belle. — Je mettrais en présence les opinions
les plus controversées, j'expliquerais l'origine des
vents généraux, alisés, périodiques, etc. Cette fois,
j'aurais pour conseillers les mathématiciens et les
naturalistes, les physiciens et les cosmographes, de
Pline à M. de Humbold et à M. Kraaf qui, un jour, a
trouvé la vitesse du vent de 129 pieds par seconde ;
j'aurais bien des systèmes à passer en revue. Il me
serait permis de bâtir ma petite théorie à la façon
de Sganarelle ; je mettrais le cœur à droite en fait
de météorologie, mais je serais tranquille ; le para-
doxe scientifique est moins facile à réfuter, que certaines assertions de nos philosophes.

A donc, je serais libre de comparer le monde à une
cheminée, un poêle ou un bec de gaz ; je démontrerais
à mon aise que la zône torride est un calorifère qui,
par d'innombrables bouches de chaleur envoie des
bouffées de vent tiède aux pôles, tandis que ceux-ci,
par une foule de tuyaux parallèles, lui renvoient de
pauvres vents transis. C'est là ce qui forme dans les
airs toutes sortes de courants et de contre-courants.
D'où, une courte mais substantielle digression sur
les aéronefs qui, tôt ou tard, ne peuvent manquer,
selon moi, de prendre le dessus.

Peste du jeu de mots !

Il suffit de renoncer aux ballons qui donnent trop de prise aux vents et d'adopter un système purement mécanique, pour s'enlever, monter, descendre, planer, se diriger, en un mot naviguer dans les airs. Ce système est trouvé, démontré, d'une application facile, mais ne répétons pas ce que j'ai dit ailleurs [1]....

Bref, si j'étais savant, je calculerais la vitesse de rotation de chaque molécule d'air ; après quoi plus d'efforts pour donner une explication satisfaisante de la tempête. Au besoin, je disserterais un peu sur l'anémographie et l'anémométrie.

Comme il serait beau d'entrer ainsi en matière !

Mais hélas ! je suis encore moins savant qu'érudit, et je me vois réduit à ouvrir mon journal de bord, à compulser mes souvenirs de marin pour parler de la tempête !

Tout ceci soit pris au sérieux !

Seulement, avant de passer outre, j'éprouve le besoin de déclarer que j'ai beaucoup de respect pour les érudits, et la plus profonde estime pour les savants, toutes les fois qu'ils ne sont pas charlatans, pédants, niais ou pétris de mauvaise foi.

Quant aux poètes, je les aime, pourvu qu'ils soient poètes.

Enfin, je ne demande que de la conscience aux littérateurs de toutes les autres espèces.

[1] Aviation ou Navigation Aérienne sans ballons, un fort vol. in-18.

— Rien que cela, interrompt un lecteur.

— Pas davantage, monsieur ; mais pensez-y bien, et vous me direz ensuite si vous préférez ce qu'on est convenu d'appeler du talent.

— Mais si la conscience et le vrai talent n'étaient qu'une seule et même chose ?

— Mille pardons, messieurs. On crie déjà au décousu , permettez-moi de renvoyer cette thèse à une autre fois.

II

MON JOURNAL DE BORD

Il est inutile, j'imagine, d'expliquer ce que c'est qu'un journal de bord. Le marin, retiré dans sa cellule, jette quelques pensées sur un cahier où il raconte les principaux incidents de ses campagnes. Voilà son journal particulier qu'il ne faut pas confondre avec un autre journal nautique, ou table de loch, registre officiel des vents, de la route, des manœuvres et des exercices. Pour ma part, j'ai tenu fort régulièrement mon calepin de voyageur durant mes dernières années de navigation. J'en avais fait la promesse au président de notre société.

Mon congé expira vers la fin du carême de 1836, il fallut dire adieu à mes amis de la rue Saint-Jacques, à leurs joyeuses mansardes, à nos bonnes et bruyantes causeries. Lorsque j'allai leur rendre ma dernière visite, au moment du départ, Mentor réclama le silence, l'obtint et monta sur la table, d'où il m'adressa le discours suivant :

« Digne membre de la Société des sept-et-un, allez « puisque les destins et le ministre de la marine le « commandent, allez prendre Laffitte et Gaillard pour « remplir les terres et les mers de vos aventures. « Ecoutez tout le monde ; croyez peu de gens ; gar-« dez-vous de vous croire trop vous-même ; craignez « de vous tromper ; mais ne craignez jamais de « laisser voir aux autres que vous avez été trompé. « En ma qualité de président, je vous adjure de « recueillir des observations scientifiques sur tous « les sujets possibles et dans tous les pays que vous « parcourrez ; car vous avez l'honneur d'être corres-« pondant de notre docte académie. Ne manquez « pas surtout de nous adresser des détails circons-« tanciés sur vos combats, vos *tempêtes* et vos nau-« frages ! »

L'orateur eut continué sans doute si une triple salve d'applaudissements n'avait couvert sa voix ; il descendit du *tumulus* d'où il me haranguait et m'accompagna, ainsi que mes autres collègues, jusque dans la cour des messageries.

A mon arrivée au port, mon premier soin fut d'acheter un épais registre, qui m'a suivi de navire en navire ; il y est amplement question de tempêtes, comme on en trouvera la preuve au chapitre suivant.

III

UN MODERNE TÉLÉMAQUE A SON MENTOR DU QUARTIER
LATIN

Fort-Royal (Martinique), le 25 octobre 1838.

Je reçois à l'instant votre lettre du mois de juin
dernier, mon vénérable Mentor ; elle attendait poste
restante, le retour de notre frégate, qui vient de
faire une navigation· fort active dans le golfe du
Mexique et autres lieux. Ma première soirée vous
sera consacrée, je n'irai pas même revoir la Savane
où l'on cherche à m'entraîner ; je veux vous donner
un extrait de ce journal de bord, dans lequel je vous
promis, il y a déjà deux ans passés, de consigner
mes observations de toute nature. Vous teniez surtout à des relations de combats, de naufrages, et de
tempêtes. Sous le premier rapport, vous savez qu'il
n'a pas dépendu de moi d'être vainqueur dans l'une
des cinq parties du monde. En fait de naufrages,
vous n'avez pas eu à vous plaindre : les archives de
la *Société des sept-et-un* sont pleines des descriptions de ceux dont j'ai été témoin durant ma dernière campagne d'Espagne et d'Afrique. Je sais bien
que c'étaient les miens surtout que vous vouliez connaître, mais franchement, je ne puis regretter de
n'avoir été que spectateur. Je suis trop bon patriote

pour vouloir le naufrage d'un bâtiment français, et je ne me suis jamais embarqué sur des navires étrangers. Me croirez-vous si j'ajoute que je m'apitoie sincèrement sur le sort des Anglais et des Américains qui se brisent à la côte ? Je n'aime pas la guerre à coups de naufrages, c'est plus fort que moi.

Quant aux tempêtes, je ne vous ai pas ménagé ; je vous en ai conté une demi-douzaine dont vous m'avez accusé réception ; ce qui ne m'empêchera pas de vous en décrire une nouvelle ; car, il faut que vous le sachiez, mon cher Mentor, pour nous autres marins, le dernier coup de vent est toujours le plus fort qui nous ait assailli. De là, progression croissante dans le récit et dans l'expression.

Notre mauvais temps du cap Spartel, dont je vous ai parlé l'an passé, était à l'eau de rose, auprès de celui que nous avons essuyé, il y a six semaines, en débouquant du canal de Bahama.

Si ma lettre du 14 juillet vous est parvenue, rue Saint-Jacques, vous savez qu'à peine arrivés ici, nous reçûmes l'ordre d'appareiller pour le blocus de Vera-Cruz. Nous partîmes donc, pleins d'idées belliqueuses, et je me préparais, chemin faisant, à vous raconter, en style héroïque, nos assauts et nos batailles, notre frégate étant un renfort respectable qui rendait possible de tenter un coup de main sur le fort de Saint-Jean-d'Ulloa.

Nous longeâmes très-près de terre les Petites-Antilles, Porto-Rico et Haïti, et fîmes une courte relâche à la Jamaïque, d'où je vous rapporte quelques bouteilles de rhum. Une autre fois, je vous parlerai de Kingston et de la Havane, où je suis allé passer trois heures le 2 août, tandis que la frégate m'attendait à une portée de canon en mer.

Le 9, nous étions à Sacrificio.

A l'aspect du rivage ennemi, *nos cœurs de Français* bondirent dans *nos poitrines d'hommes* ! Il y avait là deux grandes frégates et quelques brigs. Nous pensions à marcher sur les traces de Fernand Cortez, à réduire le Mexique aux dernières extrémités ; mais hélas ! on nous demanda nos vivres frais et on nous renvoya comme nous étions venus. On ne s'était pas trouvé en force pour risquer l'attaque ; d'autres, sans doute, seront plus heureux ; le bruit court ici qu'une expédition a dû partir de France. Vous en savez plus long que moi à cet égard.

Ainsi expulsés du théâtre de la guerre, nous remontions tristement vers la Havane où l'on s'arrêta encore quelques heures avant de piquer au nord. Vous n'ignorez pas qu'à cause des vents régnants, il faut faire un grand circuit pour regagner la Martinique.

Enfin, le 6 septembre, nous étions hors du canal de Bahama ; la mer était grosse, le ciel chargé de nuages, une forte brise de Sud gonflait nos voiles, réduites à leurs moindres surfaces, à l'aide de ces *petits fils noirs* (comme vous appeliez les garcettes de ris) dont je vous expliquai l'usage au musée du Louvre. Pour parler en termes techniques, nous avions *les huniers aux bas ris et le ris aux basses voiles.* Nous filions un train d'enfer. Je ne m'en plaignais pas. L'atmosphère, jusque-là brûlante, devenait fraîche ; on se sentait revivre comme au sortir d'une fournaise ardente, les bourbouilles qui nous dévoraient depuis Sacrificio disparaissaient à vue d'œil, on respirait librement. La frégate se comportait bien, et glissait sur les lames, comme une mouette.

— Voilà qui va bien, disaient les matelots, mais gare dessous si ça fraîchit davantage, nous pourrions être dans de vilains draps !

Le fait est que le canal de Bahama jouit d'une fort mauvaise réputation, qui n'est pas dénuée de fondement, je puis l'attester.

Ici, mon cher Mentor, je copie textuellement mon journal de bord. Libre à vous d'intituler ma relation *Tempête* ou *Fortunal*, si bon vous semble. En langue maritime on dit *Coup de vent.*

« Deux jours se passèrent encore assez convenablement ; la brise forçait toujours, la mer grossissait, le ciel devenait plus sombre, la frégate commençait à fatiguer, mais on naviguait en bonne route, et les cuisiniers n'avaient pas renoncé à faire la soupe. Nous étions alors à égale distance des Bermudes et des Lucayes, ayant le champ large au cas où il faudrait fuir devant le temps. Successivement, on avait serré les huniers et la grand'voile ; notre misaine seule nous traînait à travers les lames qui semblaient nous poursuivre.

« Les fonds de la frégate étant en bon état, nous ne faisions pas d'eau ; seulement de gros paquets de mer embarquaient de temps en temps avec grand bruit sur le gaillard d'avant. Si quelque conscrit était coiffé par la lame, un franc rire accueillait son infortune ; puis au coup de roulis suivant l'eau s'écoulait par les *dalots.* »

Les dalots, mon digne Mentor, sont des ouvertures à clapets de cuir, pratiquées à la hauteur du pont pour servir à l'écoulement des eaux.

« Chacun vaquait à ses occupations ordinaires, à cela près que les exercices étaient suspendus. Les canons avaient été amarrés et accorés avec toutes les précautions d'usage. Parmi les autres changements notables qui eurent lieu, je dois faire remarquer qu'il avait fallu, pour le dîner, attacher les chaises à la table et tripler les amarrages de celle-ci que des anneaux de fer maintenaient sur le plancher. D'un autre côté, la mèche où les marins vont allumer leurs pipes était descendue d'un étage, car en ses lieu et place habituels, la mer qui embarquait par devant, n'eut pas manqué de l'éteindre.

« C'était donc dans la batterie couverte qu'était appendu le baril de la mèche, autour duquel il y a toujours un rassemblement de matelots. Le 8 septembre, vers six heures du soir, une trentaine de marins au moins faisaient cercle non loin du feu sacré, lorsque, pour en prendre ma part, je me glissai à tâtons jusqu'à l'endroit où ils se trouvaient. Un fanal à vitre de corne répandait une lueur rougeâtre sur les figures des assistants qui se dérangèrent un peu, afin que le factionnaire pût m'offrir la mèche. Je ne tardai pas à la lui rendre, et à m'accrocher au canon voisin.

Les matelots reprirent leur propos interrompu.

« .... Ce qui fait trois, mes vieux, dit un quartier-maître de manœuvre : l'*OEil-humide*, de Bordeaux, la corvette la *Queue-Mène*, et le brick la *Scie-Aune*, à bord de quoi j'ai déjà attrapé des suées dans le canal de Bahama ou approchant, sans compter celle-ci de l'*Astrée* qui, je vous dis, commence dans le dis-tingué.

« — C'est vrai, ça commence à chauffer, ou je ne m'y connais pas ! » répondit un certain Pavie, l'un de mes hommes de prédilection, parcequ'il obéissait toujours en souriant avec bonhomie, quelque ordre qu'on lui donnât. « Pour des coups de vent de toutes sortes, j'en ai assez vu et j'espère bien que celui-ci ne sera pas le dernier ; j'ai toujours noté que les plus durs sont ceux qui commencent tout doucement, tout doucement, en douceur, quoi ! Ça fait qu'au bout de quinze jours la mer est démontée, la brise cara-binée et le tremblement dans le ciel. Si le diable montait sur le pont, il perdrait ses cornes. Une fois, revenant du Brésil, entrant à Brest avec le lieutenant ici présent, pardon, excuse ! ce fut l'affaire de trois quarts-d'heure, pour avoir les huniers défoncés, la misaine emportée, le boute-hors de foc dans le sac. Le lendemain au soir, beau temps, belle mer, jolie brise. Ça, c'est une plume, une paille, un bisnacle...

« — Tu crois donc que cette fois sera plus pire ? demanda un conscrit.

« — Si je le crois, s'écria Pavie, j'en suis sûr.

« — Hum ! dit gravement un aspirant pilote breton, à voir le ciel, j'aime mieux être ici, à notre aise, bien au large, qu'au milieu des Pierres-Noires, ou dans le Raz.

« — Dites donc, l'ancien, interrompit un Parisien, tant qu'à choisir l'endroit où je voudrais être, je préférerais le Pont-Neuf au pont de l'*Astrée*. Sans mentir, j'y serais mieux *à mon aise*, comme vous dites ; et je ne serais pas embarrassé pour avoir quatre sous de tabac et deux sous de pommes de terre frites. Parlez-moi du grand village, c'est là que je suis pilote. Après la campagne, Pavie, si tu viens y faire un tour avec moi, sois tranquille, tu verras le Louvre, je te mènerai aux Champs-Elysées et à la barrière de Cocagne. Tu m'en diras de bonnes nouvelles.

« — Tu as bien parlé, Parisien, dit Pavie ; d'abord, c'est une fantaisie, une idée à moi, d'aller manger à Paris mes économies de campagne, ni plus ni moins qu'un officier, au lieu de tout larguer *en valdrague* à Brest ou à Toulon. Dans ce pays là, il paraît qu'on regarde un matelot comme une bête curieuse. Eh bien ! quand ils m'auront vu, ils pourront se vanter d'en avoir reluqué un dans le genre rousturé.

« — C'est sûr ! murmurèrent quelques membres du conciliabule.

« — Aïe ! aïe ! cria le parisien en roulant, quel chavirement ! j'ai cru que je défonçais la cuisine avec le dos de ma tête.

« En effet, un violent coup de roulis venait de coucher la frégate dont les mouvements devenaient plus durs de moment en moment ; les mâts, les échelles, les épontilles craquaient avec un bruit lugubre ; le triste fanal qui éclairait la réunion des matelots se balançait de la manière la plus fantastique. Je mets un peintre au défi de rendre un pareil tableau ; ce n'est pas le pittoresque et l'originalité qui manqueraient assurément, mais l'effet était si bizarre que je crois impossible de le reproduire.

« Tout à coup un commandement résonna dans le porte-voix ; il faisait trop de vent pour distinguer un mot ; un coup de sifflet prolongé retentit ensuite et le second maître de quart se penchant au panneau de la batterie, dit intelligiblement :

« — Range à larguer le grand hunier !

« — Allons, les enfants ! en haut ! assez causé à l'abri, dit gaîment Pavie, ramasse ta pipe dans ton chapeau, et viens voir le temps qu'il fait.

« — Cette bêtise ! s'écria le parisien, ils veulent mettre de la toile dehors tandis que la brise augmente.

« — Tu n'es qu'un *terrien*, mon garçon, dit l'aspirant pilote, tu ne vois pas qu'on va changer de cape ! »

Aux mots de grand hunier et de cape, je m'interromps, sage Mentor, pour renvoyer à leurs définitions précédemment données, nos collègues de la *Société des sept-et-un*, si toutefois il nous en reste encore.

Quoi ! le fidèle Onésime lui-même, lui qui depuis six ans faisait sa deuxième année de droit ; Onésime, notre éblouissant et magnifique lorrain est près de retourner à Lunéville Une étude de notaire lui tend les bras. La mansarde est entièrement abandonnée ; vous habitez une jolie chambre à alcove, au troisième étage ; vous vous proposez même de vous rapprocher des quais. Hélas ! hélas ! je ne trouverai plus vestige de notre établissement européen, quand je reviendrai à Paris. Encore une ruine. *Sic transit gloria mundi !* Et, puisque j'y pense, avez-vous terminé votre traduction de la Gaïatra et de la Savitri, les prières Hindoues ? Avez-vous achevé vos commentaires sur les Pouranas, ces poésies sivaïtes dont vous nous entreteniez si souvent ? Les védas sacrés vous occupent-ils toujours ? Avez-vous fini de coordonner les trois cultes rivaux ? Je regrette de n'être pas allé dans l'Inde, comme je l'espérais, ce sera pour une autre fois. Prenez patience. Je solliciterai une campagne à Bourbon et à Madagascar dès mon retour en France ; de là à Pondichéry, Madras et Calcutta il n'y a qu'un saut. Pour peu que je touche les rives de Malabar ou de Coromandel, si j'entre dans le Gange, surtout, je réponds d'éclaircir votre question sur Ganéça le Dieu de l'intelligence et de l'année. Je ne la perds pas de vue, elle est notée en tête de mon agenda, sous la rubrique *Indes Orien-*

tales. Mais la Martinique, non plus que le canal de Bahama, ne valent rien pour de pareilles recherches. J'ai cependant trouvé quelque chose à la Havane par le plus grand des hasards. C'est un manuscrit fort curieux que m'a vendu à vil prix un vieux nègre esclave. — Il l'avait volé problablement. — Le texte est en je ne sais quel idiôme hindou ; la traduction portugaise, placée en regard, porte la date de seize cent soixante quatre, j'ai retraduit cette dernière en français et vous envoie le tout ci-joint Le vieux nègre qui est de Mozambique, prétendait avoir le manuscrit en sa possession depuis sa tendre enfance. Je n'en crois rien.

Bref, par amour de la science, et de crainte que le tout ne fut vendu à quelque marchand de cigares, j'ai acheté le précieux manuscrit pour une piccette espagnole.

« Dans l'après-midi du 8 septembre les vents ayant tourné, l'*Astrée* avait essayé de tenir la cape sous sa misaine, mais elle souffrait horriblement ; nous dérivions beaucoup, nous plongions le nez dans la lame, nous embarquions à tous moments d'énormes paquets de mer, l'on devait craindre des avaries dans notre système d'avant ; c'est pourquoi on avait résolu de substituer les huniers à la misaine, et l'on voulait commencer par établir l'une de ces nouvelles voiles, avant de serrer l'autre. Tels étaient les ordres du commandant, répétés par l'officier de quart au maître de service qui venait de les traduire au son du sifflet : en sorte que Pavie et ses camarades se voyaient obligés d'abandonner leur abri et les causeries de la mèche, de remettre leurs pipes dans leurs chapeaux et de bien attacher leurs mentonnières afin de ne point perdre chapeaux et pipes, quand ils seraient exposés sur les vergues à toute *la furie de la tempête*, pour parler en termes d'école.

« La situation me parût intéressante, je me décidai à monter sur le pont. J'abandonnai donc ma pièce de canon, et rampant sous les hamacs des hommes couchés, je me glissai jusqu'au panneau de l'arrière. Une fois là, je boutonnai ma veste et gagnai l'échelle.

« La nuit était profonde, le vent sifflait avec rage, la mer mangeait la frégate à belles dents. A chaque coup de tangage des lames énormes déferlaient sur le pont, où leur écume se répandait en paillettes étoilées ; — il n'y avait pas un pouce de sec dans toute la longueur du navire. J'allai me poster à l'arrière en simple spectateur. Lorsqu'on n'est pas de service, il faut se conduire en passager.

« L'officier de quart commença par faire faire l'appel des gens de veille ; personne ne manquait ; aussitôt il donna l'ordre de désigner une troupe d'hommes de choix pour aller sur les vergues et fit répartir les autres sur les cordages.

« Les gabiers parmi lesquels se trouvait Pavie, se rangèrent au bas des échelles de haubans, en attendant le commandement d'*en haut le monde*. »

26 octobre.

Les huit coups de cloche qui signifient minuit à bord des vaisseaux de toutes les nations, venaient de tinter, mon cher Mentor, lorsque je trouvai qu'il était temps de renvoyer à une autre fois mes descriptions de tempêtes maritimes; j'éteignis donc ma Locatelli et m'insérai dans ma couchette non sans vous souhaiter mille et une joies.

Je tiens seulement à vous faire remarquer mon zèle de correspondant.

Après cinq mois de navigation à peine interrompus par de courtes relâches (car, il vous en souvient, c'est le 6 juin que nous partîmes de France) ; après quinze jours de mer en dernier lieu, (notre appareillage d'Hampton dans la Virginie date du 10 courant), — il est beau, n'est-ce pas, de vous avoir consacré ma première soirée au mouillage ?

Vous conviendrez qu'au lieu de vous brocher une épitre capable de défrayer un feuilleton entier, j'aurais pu me laisser aller aux charmes légitimes d'une promenade sous les tamarins, ou aux douceurs d'une nuit *franche* sans roulis ni tangage ; mais votre Télémaque n'a pas oublié ce brillant discours qui précéda une séparation cruelle, et dès son arrivée, sa première pensée a été pour les membres de notre docte confrérie. Ce matin, il reprend son récit avec une nouvelle ardeur.

« L'officier se penchant à l'oreille du maître, lui dit de donner le signal. Le maître siffla. Pavie et ses

camarades disparurent dans les haubans ; la nuit
était si noire, qu'à la place de la mâture, on n'aperce-
vait que des masses indécises ; les vingt hommes
d'élite, expédiés en haut, se confondirent avec les
agrès. De temps en temps, on entendait, comme un
bruit lointain, leurs voix étouffées qui se répondaient
d'un bout à l'autre de la vergue.

« Enfin, au moyen d'un méchant sifflet de corne,
le chef de hune annonça que l'on était prêt à déployer
la voile ; les gens d'en bas reçurent l'ordre de hâler
sur les cordages. Une surface plus sombre se dessina
vaguement au dessus de la grand'vergue. La frégate, qui avait déjà fort à faire avec sa misaine seule,
s'inclina sur le côté plus lourdement, quelques
gabiers descendirent.

« — Eh bien, les enfants, leur demanda l'officier,
tout est-il en bon ordre là haut ?

« — Oui, monsieur, on achève seulement de
souquer [1] la bande de ris ; les autres vont venir.

« En effet, tous les hommes, et Pavie le dernier,
ne tardèrent pas à reparaître. L'officier se frotta les
mains. Peu d'instants après, il envoya larguer aussi
le petit hunier. La misaine fut serrée aussitôt par
une trentaine de gens de quart. Alors, la frégate
sembla plus légère, elle cessa d'embarquer autant
de paquets de mer par l'avant. Il fut permis à tous
ceux qui n'étaient pas de faction sur le pont, de
retourner à l'abri de la mèche, où ils continuèrent
sans doute leurs causeries.

---

[1] *Souquer,* serrer fortement.

« Je n'avais plus rien à observer, nous étions tranquillement à la cape sous les deux huniers; tout s'était passé le mieux du monde ; j'avais vu, ou cru voir mon brave Pavie courir gaîment de vergue en vergue, jusqu'à ce que la manœuvre fût achevée ; je pris l'héroïque parti de me mettre au lit, en attendant mon tour de service. »

Tout ceci mon cher Mentor, n'est que le prélude de notre tempête, puisque *tempête* il y a. Je vais vous analyser en quelques lignes les journées du 9 et 10 septembre. La voilure sous laquelle nous capeyions si agréablement, comme vous venez de l'apprendre, ne tarda pas à devenir trop lourde à son tour. La brise augmentait sans cesse et tournait de temps en temps ; la mer fouettée par tous les vents qui semblaient se relever pour mieux battre les flots — ainsi firent sans doute les soldats de Xercès — la mer devenait de plus en plus mauvaise. La pauvre *Astrée* gémissait profondément. Les huniers furent successivement serrés, les diverses voiles qu'on leur substitua au fur et à mesure durent aussi être rentrées, l'on établit enfin la *pouillouse*.

A ce mot de pouillouse, ô digne président de la *Société des sept-et-un*, si vos cheveux ne se hérissent pas d'une sainte horreur, c'est que vous êtes plus versé dans l'étude de la mythologie hindoue, que dans celle de la science étymologique. Pourquoi notre doyen, au lieu de professer le droit en province, n'est-il pas auprès de vous ? il vous prouverait, avec sa dialectique et son érudition habituelles, que la

racine *pouill* est excessivement injurieuse. Il vous
rappellerait que *chanter pouilles*, c'est dire des
injures grossières ; peut-être vous parlerait-il des
landes de Pouillon ; en tous cas, il vous démon-
trerait que de pouilleuse à pouillouse, il n'y a pas
même un iota de différence. Frappé d'un tel rappro-
chement, vous en concluriez que la voile stigmatisée
d'un nom pareil est une voile de malheur. Quelle
différence, en effet, entre cette appellation de pouillouse et celles de perroquet, perruche, cacatois et
papillon ! Quand on entend faire la nomenclature
de notre voilure de beau temps, j'allais presque dire
de notre volière, ne semble-t-il pas que nos flèches
aériennes ne sont peuplées que d'oiseaux joyeux et
d'étincelants lépidoptères. Mais hélas ! il n'est plus
question depuis longtemps de ces guipures ailées,
nous n'avons dehors qu'un noir trapèze de rude toile
glissant sur une corde goudronnée, à l'aide de grosses
bagues de fer. Telle est la pouillouse ; elle renvoie
plus froid, plus âpre, le vent maudit qui la frappe.

Le 11, nous tenions la cape sous la pouillouse, nos
mâts supérieurs étaient dépassés, la frégate s'enfon-
çait sous l'écume des lames et disparaissait par
moments. Les matelots s'étaient réfugiés à l'arrière ;
le maître coq avait renoncé à faire la cuisine.

Ce dernier symptôme, Mentor, est digne de toute
votre attention ; le degré du baromètre ne vous en
apprendrait pas autant.

Vers midi, les mêmes causeurs que je vous ai
montrés autour de la mèche étaient accroupis au

pied du grand mât. Je me dirigeai de leur côté en m'accrochant à des cordes tendues exprès pour rendre la circulation possible ; le pied le plus marin était en défaut ; on avait eu beau jeter du sable sur le pont, on glissait. Il fallait faire usage de ces garde-fous improvisés, qu'on appelle à bord des *filières*, pour ne point rouler entre les murailles et les canons. Quelques maladroits, désarçonnés par le mouvement du navire, se blessèrent grièvement ; je vous fais grâce de leurs contusions et de leurs fractures, et rouvre mon journal à une phrase de Pavie qui avait la parole. Il criait de toutes ses forces pour être entendu de ses voisins, car le vent lui enlevait chaque syllabe au passage.

« — Parisien, mon fils, disait-il, vois-tu la différence entre aujourd'hui et avant-hier ? Plus moyen de faire la soupe, c'est preuve qu'il vente grand frais.

« — C'est égal, dit gaîment le parisien, on a double ration de rhum, ce n'est pas à dédaigner.

« — Tu as raison, mon garçon, reprit l'aspirant pilote, mais si ce coup de foudreau dure seulement une douzaine de jours, je te réponds que tu donnerais bien quatre boujarons d'eau-de-vie pour une ration de turlutine.

« — C'est vendredi toute la senaine avec du temps pareil, dit Pavie ; on n'a que du fromage et du biscuit. Le carême tombe en septembre, cette année.

« La conversation nécessitait trop d'efforts de

poumons pour être suivie ; seulement, il restait acquis que le régime obligé dans la circonstance était, aux yeux des matelots, le plus grand inconvénient de notre coup de cape.

« Nous vîmes monter le maître charpentier. Il venait prévenir l'officier de quart que les violents mouvements de la frégate avaient fait céder des chevilles de la plus haute importance pour le salut de la mâture. Les écrous et les rivets qui les retenaient en dedans avaient cassé, elles sortaient de plusieurs pouces. Il importait de réparer au plus tôt une semblable avarie ; malheureusement, les chevilles ne pouvaient être renfoncées que de l'extérieur.

« — Envoyez quatre hommes de bonne volonté chasser à coups de masse nos chevilles de porte-haubans, dit l'officier au maître de quart, et se retournant vers le charpentier : — Prenez avec vous le forgeron, et qu'on les rive solidement quand elles seront suffisamment repoussées.

« Pavie suspendit à son col une lourde masse de fer et dit au maître : — Me voici paré !

« Trois autres gabiers suivirent l'intrépide matelot.

« — Je parie que ces bédouins-là auront oublié de s'amarrer ! s'écria le maître de quart avec terreur, et sautant à l'endroit par lequel ils étaient sortis :

« — A bord ! à bord ! tas de caïmans sauvages ! cria-t-il avec colère, remonte à bord, en double ! Allons donc, Kerven ! Cestac ! Jean Blanc ! Pavie ! à bord ! à bord ! viens t'amarrer cria-t-il avec colère.

« Kerven, Cestac et Jean Blanc montèrent successivement à bord.

« — Un homme à la mer ! cria le maître de quart avec désespoir.

« — Silence ! répondit le porte-voix de l'officier de service.

« Au moment où Pavie essayait d'obéir, une lame gigantesque l'avait arraché des chaînes de porte-haubans où il se tenait d'une main, en repoussant de l'autre les chevilles ébranlées. La frégate tanguait beaucoup, nous pûmes apercevoir une tache noirâtre dans la première vague qui passa derrière : — c'était Pavie.

« Le lourd marteau de fer qu'il avait suspendu à son col l'entraîna au fond.

« Le maître ayant bien fait attacher les trois autres gabiers, les envoya finir l'ouvrage interrompu ; la mâture fut sauvée, mais nous avions perdu un digne et brave matelot.

« L'officier de quart écrivit quelques instants après sur la table de loch :

« A midi moins un quart, le nommé Pavie a été enlevé par une lame des porte-haubans de babord, il faisait trop mauvais temps pour mettre un canot à la mer. »

« — Pauvre Pavie ! dit le parisien.

« Mon tour vint de prendre le quart, mais il ne se passa rien d'extraordinaire pendant la durée de mon service. Seulement le vent et la mer devenaient de plus en plus mauvais. »

27 octobre.

Voici déjà cinq jours décrits, mon cher Mentor, et je me vois obligé de répéter à tous moments que la violence de la tempête augmente. Je n'ai pas à ma disposition des termes plus énergiques que ceux de coup de vent et de grand-frais ; et cependant tout ce que je vous ai raconté n'est encore que peu de chose auprès de ce qui me reste à vous dire. Comment faire sentir la gradation ?

Si je continuais à recopier textuellement mon cahier vert, vous y verriez au milieu d'une foule de considérations nautiques, que le 12 la frégate était tellement fatiguée par la cape que le commandant jugea nécessaire de fuir devant le temps. On se débarrassa de la pouillouse, on établit de nouveau la misaine, et nous fûmes poussés par un formidable vent de Sud-Ouest, pendant à peu près vingt-quatre heures.

Enfin le 13, la brise diminua par degrés et devint favorable ; les nuages se dissipèrent, un soleil radieux sécha notre pont, on ouvrit les sabords et les panneaux ; on porta en haut les sacs d'effets, on étala le linge au sec, on remit en place les mâts supérieurs. Les perroquets au vent, nous nous dirigions sur la Martinique.

Ce jour-là, sur le gaillard-d'avant, j'entendis Cestac faire l'oraison funèbre de Pavie :

« — Il faut bien que tous les soirs je pende mon hamac, dit-il amèrement, maintenant que mon pauvre matelot est parti !

« L'aspirant-pilote pérora plus longuement, il dit combien d'hommes avait sauvé l'infortuné marin, il parla de sa douceur, de son zèle, de son courage, il ajouta qu'il connaissait sa vieille mère, ce qui émut la plupart des auditeurs. Cestac écoutait assis sur un seau, la figure cachée dans les mains. Le futur pilote termina en jetant un coup d'œil sur le ciel, dont il avait dit un mot pieux et consolateur.

« — Si je m'y connais, poursuivit-il, ce coup de vent n'est pas fini. Il s'est reposé un moment comme un mousse qui reprend haleine à seule fin de piailler plus fort. Cette nuit, ou demain matin, la danse recommencera. »

En effet, la tempête sembla ne s'être apaisée que pour prendre le temps de dévorer sa victime. A minuit, le vent ayant sauté au nord, le plus effroyable mauvais temps éclata. Toutes les voiles furent serrées, tous les mâts de perroquet dépassés, l'équipage entier passa la nuit à la manœuvre. Il y avait à craindre pour le salut du navire.

Oui, sage Mentor, notre vaillante frégate de quarante-quatre canons était alors en danger d'être engloutie, comme le moindre de vos batelets de la Seine. Jugez de la position dans laquelle devaient se trouver une douzaine de petites goëlettes américaines que nous avions aperçues autour de nous, la veille, pendant nos quelques heures de beau temps.

Le 14 septembre, fut notre grande journée.

« Nous étions à sec de voiles, en travers au vent,

ne gouvernant plus, ballotés au gré des flots. La frégate aux abois craquait dans toute sa longueur. L'eau de la mer entrait par les coutures, une petite mer intérieure bondissait sur le pont, dans la batterie et surtout dans l'entrepont. Nos chambres étaient inondées. Par moment, on entendait de lourdes nappes d'eau tombant en cascades dans la cale. Tous les panneaux cependant, sauf celui de l'arrière, étaient fermés hermétiquement. L'équipage pompait.

« Sur le pont un brouillard d'eau interceptait la vue ; il était impossible de s'entendre à moins de se crier dans les oreilles les uns des autres. Notre horizon n'était plus qu'une seule vague immense et menaçante, — de celles dont les savants théoriciens, sans sortir de leur cabinet, contestent la hauteur aux navigateurs qui les ont affrontées. Sur quoi, le bon public ne manque pas de donner gain de cause aux savants, comme nous le rappelle une polémique demeurée célèbre. Il est clair, en effet, que de l'observatoire de Paris, on mesure mieux la dimension des lames du cap Horn ou du canal de Bahama, qu'en prenant la peine d'aller y voir.

« Bref, nous commençâmes à faire des avaries ; plusieurs hommes furent encore blessés.

« La mer enleva nos canots, cassa nos boute-hors de foc et défonça notre poulaine, sans respect pour l'emblème de la justice qui la décorait.

« L'inclinaison de la frégate était telle que plusieurs fois, les basses vergues plongèrent dans les lames qui s'élevaient à tribord, comme un immense

rempart. Enfin, il était à craindre que l'*Astrée enga-
geât*, c'est-à-dire qu'elle se penchât au point qu'il
devint possible de chavirer. »

Si vous lisez ce passage à quelque savant incré-
dule, mon cher Mentor, ne doutez pas, quoi qu'il
puisse vous dire de la sincérité de mon récit. Je fais
ici de l'histoire, non du roman; je n'invente rien, je
raconte en témoin oculaire.

« Notre commandant, marin de la vieille école,
ne ressemblait en rien à l'officier de marine moderne;
c'était le classique *loup de mer*. Si j'avais un type à
choisir, j'éviterais celui-là; il est trop usé, trop
peu vraisemblable; mais, encore une fois, je ne fais
pas de frais d'imagination, je copie d'après nature.
Or, tel qu'il était, notre vieux capitaine avait vu
la mer sous tous ses aspects et s'entendait à manœuvrer un navire en toute occurence. Eh bien !
cette fois, il trouva la situation assez délicate pour
assembler le conseil des officiers; il s'agissait de
prendre une décision majeure. »

J'abrége autant que je puis, docte président, car
ma lettre prend des proportions gigantesques; mais
nous sommes séparés par quinze cents lieues, et la
largeur de l'Atlantique est une circonstance atté-
nuante, au délit de prolixité. Notre commandant,
quand nous entrâmes chez lui, se tenait dans l'angle
d'une cloison; nous le saluâmes en nous accrochant
aux poutres du plafond, auquel nous restions suspendus lorsque le plancher manquait sous nos pieds.
Une pâle lumière descendait par un vitrage aux trois

quarts recouvert d'une toile goudronnée. Les sabords
étaient fermés ; l'eau de mer qui pénétrait par leurs
interstices, ruisselait dans l'appartement.

« La séance fut ouverte.

« Après une courte discussion, l'opinion opposée
à la mienne prévalut. J'opinais pour rester à la cape,
parce qu'il me paraissait impossible de faire autrement à moins de sacrifier les deux tiers de la mâture, ressource que je trouvais excessive; — à la
majorité de cinq voix sur sept, il fut résolu qu'on
tenterait de présenter l'arrière à la brise et de fuir
devant le temps.

« En conséquence, nous nous rendîmes à nos
postes de manœuvre. On essaya de mettre de la toile
dehors pour favoriser le mouvement convenu ; mais
à mesure que le moindre lambeau donnait prise au
vent, la voile déchirée en lanières disparaissait.
Trois expériences successives furent sans effet. On
envoya les marins faire voile au vent avec leurs
corps ; ils montèrent en bataillon compact dans les
haubans de misaine, aspirants de marine en tête,
sous-officiers à côté d'eux ; tout fut inutile. L'insen-
sibilité du gouvernail demeura la même ; le danger
augmentait.

« Un homme tomba encore à la mer, il eut le
bonheur de se rattraper à un cordage rompu.

« Dans la batterie, par l'effet de notre inclinaison,
les boulets sortirent de leurs parcs et se mirent à
rouler de çà et là, brisant tout ce qu'ils rencontraient
sur leur passage. Un officier et une escouade d'hommes

s'y portèrent aussitôt, pour ramasser les projectiles et les jeter dans la cale.

« Un désordre non moins grave attira dans le faux pont une autre partie de l'équipage. — Les caissons qui servent d'armoires aux marins s'étant détachés, frappaient avec violence les cloisons et les murailles. Cependant la nuit approchait.

« A trois heures de l'après-midi, le conseil fut rassemblé de nouveau ; il fut résolu à l'unanimité qu'il était temps de couper le mât d'artimon. Cette décision affligea le commandant. Nul homme n'avait autant de respect que lui pour le bois et la corde.

« — Non, non ! murmura-t-il, il ne sera point dit que j'aurai fait abattre un bas-mât sans avoir vu si la perte de son mât de hune ne suffit point pour soulager le navire.

« Alors il nous congédia, monta sur le pont, et en montant, eut un orteil écrasé par l'échelle de commandement. Deux matelots le portèrent sur le banc de quart où il s'accrocha. Il ordonna de couper tous les cordages qui auraient pu retenir le mât de perroquet de fougue. Les gabiers s'acquittèrent de cette tâche avec dextérité ; ils coupèrent ensuite les cordes qui soutenaient le mât contre l'effort du vent, et descendirent.

Deux charpentiers seulement restèrent dans la hune d'artimon.

« Nous avions les yeux fixés sur l'espar abandonné maintenant, à toute la violence de la tempête. Or, il est généralement admis parmi les marins

qu'une fois les agrès largués, le mât casse et tombe
à la mer. Il n'en fut rien en cette occasion. L'espar,
à ce qu'il paraît, était de qualité supérieure. Il
se relevait au roulis et au tangage, en décrivant une
courbe elliptique ; sa noire chevelure goudronnée
flottait au gré du vent. Les charpentiers qui assistaient à sa longue agonie, exposés à toute la puis-
sance de la tourmente et au péril d'être entraînés à
la mer, coupèrent à coups de hache quelques bouts
de filin qui pouvaient encore tenir un peu. Le mât
plia davantage, secoua son épaisse crinière et retra-
versa l'espace sans craquer, sans céder.

« Le commandant fait un signe, la hache frappe
le bois même, l'arbre crie et rompt enfin, la frégate
se relève plus légère.

« Cette amputation était insuffisante cependant ;
nous continuâmes à présenter le flanc à la tempête,
et l'on parlait de nouveau de couper le mât d'artimon. Une vergue suivit le mât de hune ; alors les
charpentiers descendirent, fiers du danger qu'ils
avaient couru et du résultat heureux de leur travail,
car les deux espars étaient parfaitement tombés à la
mer.

« Une heure après, il sembla que la brise se
modérait ; les détonations de la tempête diminuèrent.
L'on résolut d'attendre jusqu'au lendemain.

« Au point du jour, quelques haillons de toile
purent être mis dehors ; le temps parut presque
beau.

« Malgré deux pieds d'eau dans l'entrepont et dans

nos chambres, malgré la pompe constamment mise en jeu, malgré la cape serrée et la grosse mer, nous trouvions alors fort supportable le même état qui nous avait paru si dur pendant les huit premiers jours, que nous appelons le premier coup de vent.

« Le 18, le temps s'embellit. Le 19, une jolie brise nous berçait sur une mer à peine houleuse ; le 20 nous étions couverts de toile, nous portions bonnettes et perroquets, notre mâture était rétablie et la frégate faisait route pour les Etats-Unis, car l'homme propose et Dieu dispose.... »

A demain, mon digne Mentor, la fin de ce récit ; voici le tambour qui m'appelle à l'exercice du canon, je ceins mon poignard et saisis mon porte-voix pour courir à mon poste.

Encore un mot pourtant : Le 15, au lever du soleil, nous n'aperçûmes plus autour de nous aucune des goëlettes qui nous entouraient le 13. — Qu'étaient-elles devenues ? — Dieu seul le sait ! — Quant à moi, je crois que les petits navires ne valent rien pour affronter les gros temps.

30 octobre.

Si vous n'avez pas perdu de vue le début de cette interminable lettre que les corvées maritimes et les cérémonies coloniales m'ont tant de fois forcé d'interrompre, vous vous rappelez, mon cher Mentor, que nous laissâmes aux croiseurs du Mexique une partie considérable de nos vivres de campagne. Il s'en suivit qu'après notre coup de vent nous nous trouvions à court nous-mêmes ; voilà ce qui détermina notre commandant à faire voile pour les Etats-Unis, car nous étions encore à plus de trois cents lieues de la Martinique. Le calme ou l'ouragan redoutable en cette saison, eussent pu nous réduire à la portion congrue.

Le port de Norfolk était sous le vent. Il était prudent d'y aller faire des provisions et réparer nos avaries. Nous passâmes quinze jours dans la Chesapeak, où nous vîmes entrer foule de gros navires désemparés par la même tempête qui nous avait si fort maltraités ; mais il ne revint qu'une petit nombre de légers bâtiments. On nous raconta plusieurs naufrages ; les sinistres s'étaient multipliés jusque dans la rivière. Mais ne craignez point de nouvelles descriptions de coups de vent. Je ferme ici mon journal de bord.

L'on me presse d'expédier ma lettre au brig le *Palinure*, qui appareille pour France. Je regrette bien de n'avoir pas le loisir de vous raconter en détail notre relâche américaine. Elle ne fût pas sans charmes. Qu'il vous suffise de savoir que quinze jours après l'admirable tempête dont vous venez de lire la relation, le pont de l'*Astrée*, étincelant de blancheur et pavoisé de pavillons, servait de salle de bal aux élégantes de Nolfork et de Portsmouth. Le cornet à piston trônait sur notre dunette ; le champagne coulait à flots ; les matelots endimanchés avaient un tout autre texte de causeries que l'état de la mer et du ciel.

Notre vieux commandant nous abandonna sa frégate pour une longue soirée, en compensation de nos fatigues ; mais, attendu qu'il détestait les fêtes et le monde encore plus que la cape sous la pouillouse, il déserta le navire contrairement à toutes ses habitudes.

Enfin, nous voici de retour au centre de notre station, nous n'avons plus à redouter que la fièvre jaune, les tremblements de terre, les serpents, les maragouins et les bourbouilles. Je me propose de vous tenir au courant de tout ce qui nous arrivera. En attendant, veuillez me rappeler au souvenir d'Onésime et de nos autres collègues, quand vous leur écrirez, et recevoir en témoignage de ma vive amitié la traduction de ma légende hindoue de la Havane.

Votre fidèle secrétaire et respectueux élève,

TÉLÉMAQUE.

P. S. Faut-il vous faire remarquer que ma version ne manque pas d'à propos, puisqu'il y est aussi quelque peu parlé de tempête. Je ne puis m'empêcher de sourire en me comparant au lettré Bengali ou Indostani qui, dans sa chronique mythologique, fait jouer les rôles du Nord-Est et du Sud-Ouest à toutes sortes de génies malfaisants. Si rien n'est moins fabuleux que mon coup de vent, rien n'est plus fantastique que la lutte de ses singes contre les tempêtes. Je serais curieux de votre opinion sur cette pièce. En quelle langue est-elle écrite ? Est-ce du samskrit pur, ou de la langue vulgaire, du sacré, ou du profane? Je n'y ai vu que des zigzags, pour ma part. Sans le thème portugais, j'aurais certainement pris le tout pour un gris-gris africain ou une mystification, et le monde savant y eût perdu un manuscrit précieux peut-être. Je serais trop heureux, s'il vous est jamais bon à quelque chose, d'avoir consacré, à le rendre en français, les heures de mer que me laissaient disponibles les quarts, les corvées et les exercices. Le ciel vous préserve de la garde nationale, mon cher Mentor; tel sera mon dernier souhait pour votre bonheur. Adieu.

DÉCADENCE COMPLÈTE

Il faudrait n'avoir jamais fait la moindre promenade au-delà du tropique du Capricorne, il faudrait n'avoir jamais entrepris le voyage de Pontoise, n'avoir point une seule fois quitté le toit paternel, n'avoir, enfin, écrit aucune lettre à un ami ou à un parent, pour ne point comprendre ma joie, lorsqu'un large cachet de cire rouge fut apposé sur mon énorme missive. J'y calligraphiai l'adresse de Mentor avec une satisfaction intime. Je la remis au vaguemestre avec une sollicitude touchante.

« — Ayez bien soin de ce paquet, lui dis-je,

mettez-le dans le sac aux lettres devant moi, je serais au désespoir qu'il se perdît. »

Le vaguemestre le jeta d'un air insouciant dans son grossier cabas de toile à voile, dont je suivis les destinées d'un œil inquiet. Je vis coudre et sceller de vert le sac aux correspondances, je le vis embarquer dans un canot qui ne tarda point à déborder. J'accompagnai du regard l'embarcation jusqu'au moment où elle accosta le *Palinure*. Je voulus être spectateur de l'appareillage du *Palinure* lui-même, et j'étais encore sur la dunette de l'*Astrée*, ma lunette d'approche à la main, quand le brig disparut à l'horizon, emportant ma légende et ma tempête l'une dans l'autre.

Réduit alors aux seules ressources de mon imagination, je croisai les bras et me pris à réfléchir :

— Il est impossible, me disais-je, que cette lettre ne produise pas un effet extraordinaire dans la Société des sept et-un. Notre antique mansarde est abandonnée, il est vrai ; les membres de notre club sont dispersés, l'un d'eux habite même au-delà de la Seine, dans la chaussée d'Antin, pays perdu pour les sciences et les fortes études ; mais encore faut-il espérer que Mentor voit de temps en temps nos autres collègues. Il n'en faudrait que deux auprès de lui, quand il recevra ma missive, pour faire éclater un de ces tumultueux orages, comme je n'en ai vu que dans notre pandémonion. Oui, ma tempête du canal de Bahama aura de l'écho parmi mes amis. La famille du portier montera en corps pour leur imposer silence ; accroissement de clameurs. Les locataires et le propriétaire s'en mêleront *rinforzando* ; les voisins accourront ; les gardes nationaux du poste le plus rapproché jetteront l'alarme ; on croira le feu dans le quartier ; les pompiers s'empresseront d'arriver ; les badauds s'agglomèreront ; les troupes prendront les armes ; l'on dira qu'une émeute a failli renverser le gouvernement ; les journaux en parleront ; les fonds seront en baisse. J'aurais dû, par le même courrier, charger mon agent de change de m'acheter du 3 p. 0/0. Hélas ! on ne pense pas à tout !

Trois mois après, je reçus une réponse de Mentor ; mes pensées étaient bien loin de ma lettre du mois d'octobre. Il ne s'agissait plus d'émeutes de haute fantaisie ; le fort Saint-Jean-d'Ulloa avait été pris ; une de nos frégates s'était perdue aux Bermudes non loin des parages où l'*Astrée* avait essuyé son mémorable coup de cape ; un tremblement de terre avait renversé la ville de Fort-Royal ; la fièvre jaune sévissait.

Parmi les rares personnages, maîtres, officiers et matelots que l'on a vu figurer dans ce récit, nous comptions plusieurs victimes ; les uns avaient été écrasés sous les décombres, les autres avaient été moissonnés par l'épidémie. La frégate était triste. Il n'aurait point fallu écouter les causeries de la mèche ; les désastres qui se succédaient avaient coupé la verve aux plus intrépides conteurs. Je n'ouvris pas la lettre avec mon empressement accoutumé ; était-ce l'effet d'un douloureux pressentiment? J'y lus l'histoire de la décadence complète de notre glorieuse société.

« — Votre longue missive, cher Télémaque, m'écrivait Mentor, n'a été lue que par moi seul. Il ne reste plus trace du club, où, l'an dernier encore, vos correspondances d'outre-mer étaient accueillies avec enthousiasme. L'on se souvient des vieux amis, lorsque, comme vous, on est relégué aux extrémités du monde ; mais ici une tempête plus terrible que toutes celles dont vous serez témoin, souffle en permanence. Nous sommes maintenant cinq à Paris; ce serait un noyau respectable ; nous sommes disséminés. Chacun de nous a de nouvelles habitudes et de nouvelles connaissances : *Fidus Achatès* est marié ; Georges va dans le grand monde ; notre artiste, revenu de Rome, habite désormais les hauteurs de la rue des Martyrs, d'où il ne me donne plus signe de vie ; il en est de même de notre polytechnicien relégué à l'école des mines. J'ai affranchi Onésime et notre doyen de leurs correspondances ordinaires, je vous en exempte de même ; les archives des Sept-et-Un sont closes, votre légende est le dernier manuscrit qu'elles renfermeront. Ne m'oubliez pas cependant, quand vous reviendrez à Paris, en solliciteur peut-être, car c'est, dit-on, le principal métier de nos loups de mer contemporains.

« Vous paraissiez jaloux de savoir en quel dialecte est écrite la légende de Rama. Je suis désolé de vous dire qu'elle est indéchiffrable. J'ai consulté tous nos érudits, ils n'ont reconnu au texte, prétendu hindou, aucun caractère d'authenticité. La fable est cependant conforme aux croyances populaires dans l'Inde. Ce n'est même, à vrai dire, qu'une compilation des ouvrages les plus élémentaires, où je pourrai vous montrer enregistrés presque tous les faits principaux que vous vous êtes donné la peine de traduire du portugais. Le légendaire a maladroitement mêlé des traditions qui appartiennent certainement à des sectes différentes. Un Maure d'Alger qui m'est recommandé m'assure qu'il a vu une foule de manuscrits pareils au vôtre, durant un voyage qu'il fit dans l'intérieur de l'Afrique. Il n'en sait pas lire l'écriture, mais il prétend que les factures des marchands du pays sont tout à fait semblables à votre prétendue légende. La version portugaise n'aurait pas le moindre rapport, à ce qu'il dit, avec le texte. Perdez-vous en hypothèses, si bon vous semble. Je crois que vous avez été mystifié, et moi par contrecoup.

« Je ne vous en écrirai pas plus long, cette fois, car je suis sur le point de concourir pour une chaire de langue orientale, et mes moindres instants sont précieux.

> » *Salem alek oum*
>
> » MENTOR. »

— Amère déception ! m'écriai-je, Mentor, le sage Mentor lui-même, met fin à notre correspondance. Il ne me restera plus d'autre ressource que de livrer mes impressions de voyage à la publicité, si je ne veux pas qu'elles aient été rédigées pour rien.

Je passai huit jours dans un état d'accablement pitoyable ; mais la permission de retourner en France m'ayant été accordée peu de temps après, je repris le cours de mes travaux et continuai, pour mon compte, les recherches que j'avais faites jusqu'alors au profit du cercle des *sept-et-un*.

Si je rouvrais mon journal de bord, j'y trouverais assurément bien des récits de coups de vent d'une date plus récente que le 14 septembre 1838 ; mais c'en est assez d'une pareille bourrasque, c'en est trop peut-être si j'en crois mon critique obstiné.

.   .   .   .

.   .   .   .

Ce critique obstiné n'est autre que le vénérable Mentor lui-même, que j'ai retrouvé, après mes campagnes, en possession d'une chaire asiatique. Nous habitons ensemble ; nous nous voyons sans cesse. Au moment où j'achève, il est à côté de moi, fronçant le sourcil à la lecture de mes premiers chapitres. Au seul titre, il s'est écrié :

— Tempête ! tempête ! La tempête est vieille comme le monde, on l'a décrite mille fois et sous toutes les formes. Si toute l'encre qui fut dépensée pour raconter des tempêtes était versée dans un bassin capable de la contenir, ce bassin serait lui-même une véritable mer.

Mentor ignorerait-il la passion des parisiens pour

les tempêtes et les baleines ? Comment peut-il avoir oublié qu'autrefois, il la partageait magistralement ? J'écris *Paris pour les marins* ; laissons-le dire.

— Malheur à l'infortuné qui s'aventurerait sur des vagues si noires ; il serait sujet à voir fondre sur lui la plus furieuse des tempêtes ! Que le ciel garde d'une telle catastrophe mon plus cruel ennemi !

Quand Mentor a tourné la page et qu'il a vu que j'y parlais de la *Société des sept-et-un*, il a repris avec stupeur :

— Les morts après sept ans sortent-ils du tombeau !

Alors, rencontrant son nom à chaque instant, il m'en a fait les plus vifs reproches.

— C'est bien, docte professeur, ai-je répondu ; vous refusez l'immortalité que je vous offre ; vous dédaignez une renommée qui eût duré huit jours au moins ; eh bien, vous ne serez plus désigné que sous votre sobriquet mythologique.

C'est pourquoi, d'un bout à l'autre du manuscrit, le nom de Mentor a été substitué à celui de mon ami ***... Ciel ! qu'allais-je faire ? j'ai failli encore une fois écrire son nom en toutes lettres. Il continue maintenant sa lecture, et pour ma part je me hâte d'en finir, car s'il voit que je le fais mon collaborateur malgré lui, une dernière tempête pourrait bien me désemparer. Evitons-la prudemment.

Après l'impression, j'affronterai la tornade sans crainte, et fallût-il mettre à la cape sous la pouillouse, j'en soutiendrai l'effort sans trop dériver. A présent, il importe d'interrompre mon redoutable censeur :

— Mentor ! — Eh bien ? — Mon cher ami, je vous demande bien pardon de vous enlever mes copies, l'éditeur les attend. — Un moment encore.

— Impossible ! vous lirez le reste en épreuves.

Bien ! il cède ; il remet en ordre les premiers feuillets ; terminons donc. D'ailleurs, voici déjà un siècle que je ne parle plus de *tempête* et d'autres censeurs que Mentor pourraient m'accuser d'abuser de leur patience.

LA BELLE-POULE ET LA FAVORITE

A L'OPÉRA

Le jour du grand triomphe funéraire, lorsque l'Europe attentive contemplait le glorieux cercueil rapporté de l'exil, — lorsque, selon son vœu sacré, l'Empereur venait se reposer sur les bords de la Seine, au milieu du peuple Français, et qu'un cortége immense l'accompagnait de l'arc de l'Etoile au dôme des Invalides, la place d'honneur était réservée à ceux qui avaient sillonné l'Océan pour arracher ses dépouilles à un roc inhospitalier.

Paris aperçut en même temps le char de deuil et les marins de *la Belle-Poule* et de *la Favorite* qui l'escortaient. Les braves matelots, armés comme pour l'abordage, traversaient lentement les flots populaires dont les clameurs s'élevaient au ciel; ils étaient accueillis avec une ivresse respectueuse, et leur entrée dans la capitale fut si belle, qu'elle dut répondre à leurs plus magnifiques pensées.

La ville qu'ils virent alors fut celle de leurs rêveries, celle dont ils avaient entendu dire tant de merveilles sur le gaillard d'avant. Mais le lendemain, le charme avait cessé, Paris était Paris, rien de moins, rien de plus, et le désenchantement suivit les illusions d'autant plus vite qu'on était dépaysé, et qu'on ne trouvait pas ici les ressources habituelles des ports de mer.

Il fallut bien pourtant se contenter des choses telles qu'elles étaient ; le matelot d'ailleurs, n'est pas long *à prendre ses relèvements* ; l'hospitalité parisienne lui fut prodiguée, il était à la mode et sut en profiter largement. Les anciens ne tardèrent pas à se dire que si *le grand village* est moins brillant qu'ils ne l'avaient imaginé quelquefois, il n'en est pas moins agréable. De nombreuses connaissances furent bientôt faites ; on ne les rencontra plus que bras dessus bras dessous avec leurs nouveaux amis.

Logés à l'École militaire, ils étaient à peine soumis à un semblant de régime de caserne, et jouissaient d'une liberté aussi grande qu'ils pouvaient le désirer. Ils trouvaient du reste de la sympathie dans toutes les classes de la population, chez le peuple surtout ; enfin ils étaient protégés par la cour qui voulut leur faire la galanterie d'une représentation à l'Opéra.

Cinq jours après leur arrivée, l'affiche de l'Académie royale de musique annonçait qu'on donnerait, par ordre, *Le Dieu et la Bayadère* suivi du *Diable amoureux*. Ce spectacle avait été choisi pour les marins.

Initié depuis longues années aux bizarreries caractéristiques des gens de mer, jaloux d'ajouter à d'anciennes observations des observations nouvelles, je voulus profiter de l'occasion qui passait, causer familièrement encore une fois avec de francs matelots, et me mêler à eux autant qu'il dépendrait de moi.

Une demi-heure avant l'ouverture de la salle, ils débouquaient en foule dans la rue Lepelletier et dans le passage, les uns à pied, fredonnant quelque refrain des passavants, d'autres en omnibus, la plupart entassés en fiacre, car c'est le *bonheur que rouler carrosse*. Toutes les boutiques de marchands de vin furent envahies. En attendant *la comédie*, il était bon de *se réchauffer d'un boujaron de sec, et de se repasser dans le fanal une chopine de doux qui y coulerait comme une laize de velours.*

J'avisai deux amis : l'un vrai flambard, jeune, élégant, rasé de frais, le collet bleu coquettement rabattu sur le paletot, d'une physionomie fine et avenante, — l'autre Breton renforcé, trapu, carré, barbu, dont l'air de bonhomie sautait aux yeux. Tous deux étaient gens d'élite, comme l'attestaient leurs galons de laine. Le premier se glorifiait d'être gabier de grand'hune, et, passant à l'éloge de l'empereur par une transition qui m'échappe, il s'adressait aux badauds ameutés :

— L'empereur Napoléon, les enfants, je ne l'ai pas connu, mais je l'aime tout de même, voyez-vous. Nos anciens vous le diront, c'était un matelot fini ; — un matelot ou, pour parler autrement, un ami et un crâne. C'était un homme, quoi! qu'on n'aurait jamais empoigné, ni vivant, ni mort, sans la trahison de *faillis-gars*; suffit!

Le camarade du gabier, chef de pièce de la batterie basse, prit à son tour la parole, et fit une oraison funèbre bien autrement pompeuse.

Proposer le petit verre, trinquer à la santé de la frégate, offrir un rouleau de tabac, étaient des exordes naturels. Dix minutes plus tard, nous étions vieux camarades : il fut convenu que nous nous retrouverions au parterre où j'allai les attendre. Les places réservées aux marins étaient les seules encore vides.

Les deux amis me reconnurent en entrant, et vinrent s'asseoir à mes côtés. Le reste de l'équipage enjamba bruyamment les banquettes ; mais aucune voix ne s'éleva au-dessus d'un diapason fort modéré ; on n'entendit point la moindre harangue facétieuse ; aucun des loustics ordinaires du gaillard d'avant ne jugea convenable de faire scandale, comme il arrive souvent dans les ports ; les braves gens voulaient assister pacifiquement à leur représentation.

— Bourgeois, me dit le gabier qui s'était mis à ma gauche, je n'ai pas de brume dans l'œil, ni d'étoupe dans l'oreille ; je ne serai pas fâché de faire la comparaison entre les acteurs de Paris et ceux de Marseille, où j'ai justement vu *Le Dieu et la Bayadère* dans le temps.

Le Breton avait attentivement examiné la salle.

— C'est-il la plus grande de Paris ? me demanda-t-il.

— Oui, sans doute.

— Eh bien ! j'avais idée qu'il devait s'y trouver mieux que ça ; celle de Bordeaux est quasiment aussi belle.

— J'ai vu pire en Italie, murmura un quartier-maître à barbe grise.

L'orchestre joua l'ouverture, chacun mit son chapeau ciré entre ses jambes, raffermit sa chique d'un coup de pouce, et se carra dans sa stalle avec l'aisance d'un vieil habitué.

— C'est moins dur qu'un pont, fit mon voisin de droite en souriant, et décidément on s'en contenterait pour faire le quart ; mais, après tout, chez mon hôtesse, au Hâvre, j'avais un canapé autrement commode !

Devant nous se trouvait un jeune matelot parisien, qui se retournait d'un air triomphant comme pour faire les honneurs de chez lui :

— Ça va être suivé, premier brin, choix sur choix, tu m'en diras des nouvelles et des bonnes, les *basboutonnés*. Tu crois peut-être que c'est ici comme ailleurs ; plus souvent ! ajouta-t-il en clignant des yeux.

— On verra bien ! répondit dédaigneusement le Breton ; et, se tournant vers moi : On dirait qu'il nous prend pour des paysans qui n'ont idée de rien de rien. Un mousse, monsieur, qui, il y a six mois, pas un jour de plus, n'était pas dans le cas de connaître l'avant de l'arrière ; ça se mêle de parler. Il est fichu, sauf votre respect, de n'être jamais entré ici avant aujourd'hui. Moi, j'y viens pour la première fois, c'est vrai ; mais j'ai été au Théâtre Italien, à Lisbonne, qui est une capitale aussi, à l'époque que j'étais canotier du capitaine de *la Badine*, sans compter les théâtres de tous les ports de France et de Constantinople. Oui, monsieur, continua-t-il, à Constantinople il y a un spectacle français, dans le *Camp libre*, s'entend. Faut pas que ça vous étonne.

— Le Camp libre, reprit le gabier, c'est le mot de l'Inde ; dans le Levant on dit le *Quartier franc*. Voilà la différence.

Le Parisien ne se tint pas pour battu, et vanta tour à tour l'orchestre, les décorations, les acteurs, l'éclairage, les danseuses.

Le rideau se leva ; le canonnier, plus communicatif que son camarade, ne laissa passer aucune scène sans m'adresser ses remarques. Il analysa la pièce avec une facilité qui me surprit. Je m'appliquais à étudier le jeu des physionomies. Le plus grand nombre paraissait comprendre à merveille. J'entendais mes voisins se communiquer leurs observations.

— Pour des Bengalis, ils ont la peau diantrement blanche, dit l'un d'eux.

— C'est vrai, ajouta le gabier ; dans le pays il y en a d'aussi noirs que le fond de mon chapeau ; il y en a de jaunes pis que basane : tous se frottent le corps d'huile, les femmes comme les hommes. Drôle

de façon de s'*espalmer* ! Je vous dis ça, mon bourgeois, pour vous seul ; on sait bien ce que c'est qu'une
comédie, une blague, à seule fin de se distraire un
moment.

— Les vrais Bayadères, tout de même, ne sont
que des bailles à drisses (prononcez *Bayadrisses*),
à côté de celles-ci, s'écria un farceur ; et le jeu
de mot maritime eut du succès parmi les camarades.

Les bailles à drisses, par parenthèse, sont des
baquets à jour dans lesquels on roule certains cordages.

— Ces femmes-là, dit dogmatiquement un second chef de timonnerie à quelques jeunes gens
qui témoignaient de l'étonnement ; ces femmes-là
apprennent à manœuvrer de même, par temps et
par mouvements, comme quand on vous fait faire
l'école du canon.

Un grognard de *la Favorite* renchérit en donnant
aux apprentis marins des détails sur la manière
de dresser les danseuses : « Je sais ça, ajouta-t-il,
vu que j'ai été employé au gréement du théâtre à
Bordeaux. »

L'entr'acte rendit la conversation plus facile ; mon
voisin reprit son texte en sous-œuvre :

— Les Parisiens, mon bourgeois, prennent bonne-
ment ces bamboches pour des vérités ; voilà ce qui
les rend si cocasses quand ils nous arrivent à bord :
en pays étrangers ils se croient encore à leur Opéra.
Je parle des simples conscrits, monsieur, et non pas

de ceux qui, comme vous, ont étudié dans les livres. Moi, je sais à peine lire, mais j'ai couru le monde ; j'ai vu des endroits si curieux, que, si j'en parle *chez nous*, on me traite de menteur. Aussi maintenant je me tais. On s'est trop moqué de moi à la veillée, une fois que je racontais un voyage que j'ai fait dans le Nord, à Archangel, sans voir le soleil se coucher ni monter plus haut qu'il n'est à huit heures du matin dans cette saison.

— Pour ce qui est de l'Opéra, dit à son tour le chef de pièce, Bordeaux, Marseille, Lisbonne et Paris, tout ça se ressemble beaucoup ; leur équipage est plus nombreux ici, voilà ! Savez-vous, monsieur, qu'on ferait un joli armement de corvette avec ces particulières ?

— Comme celui du *Corsaire de la Rochelle*, poursuivit l'autre.

— Dans le genre distingué comme celui de la princesse *Trimaille*, dit un nouvel interlocuteur.

Une question me valut l'analyse d'un des contes favoris du gaillard d'avant.

« La princesse *Trimaille*, courtisée par un sémillant gabier de misaine, s'enfuit du *Louvre* de son père à bord d'une goëlette d'acajou, gréée en soie et en or, voilée de foulards et de crépons de Chine, et portant pavillon en drap d'argent avec un soleil de rubis au milieu. Les suivantes de l'héritière présomptive sont dressées à la manœuvre par l'aventureux séducteur, et le navire entreprend une campagne féconde en épisodes gracieux. »

— Vous plaisez-vous à Paris ? demandai-je *ex-abrupto* à mon voisin de gauche.

— C'est un bon séjour, bétisaille dans le coin ! Le monde y est aimable au possible, et les demoiselles pareillement, pas plus sauvages qu'à la Nouvelle-Zélande. Je n'ai pas dit sauvagesses, attention. Vous savez que là-bas le sentiment ne se file pas en quatre brin, ici c'est de même.

Je fis un signe d'approbation.

— Le malheur seulement, c'est qu'il faudrait être lesté en gourdes, pire qu'un mylord anglais, pour se débrouiller. Après ça, nous ne manquons pas d'agrément ; nous flânons du matin au soir, comme des commissaires : voilà le plaisir ! Depuis que nous sommes arrivés avec le corps de notre grand Napoléon, un matelot fini, un homme, quoi !...

— Eh bien ? interrompis-je pour éviter une seconde édition de la tirade précédente.

— Eh bien ! depuis que nous sommes rendus à Paris, nous ne faisons plus rien, ni quart, ni gamelle ; vrai métier de fainéant. C'est cocagne !

— L'empereur, mon bourgeois, repris le Bas-Breton ; il vous a parlé de l'empereur : si nous allions boire un coup à sa santé.

— Après la pièce, mon ami ; on va lever la toile.

Après la pièce, l'équipage entier fit irruption dans les cabarets avoisinants ; l'on but avec enthousiasme au souvenir de l'empereur ; les libations et les toasts se multiplièrent à l'infini. Les charmes de la cantine n'empêchèrent pas cependant les matelots de rentrer pour voir le *Diable amoureux*. Ils convenaient qu'ils étaient satisfaits de l'échantillon; ils prenaient plaisir, disaient-ils, à regarder *virer de bord par la contre-marche, ces divisions de tartanes taillées pour la chasse, et orientées à bloc*, qu'il n'y avait rien à redire.

Ces métaphores, essentiellement du métier, ils les réservaient généralement pour eux et ne les lâchaient que par mégarde devant les *terriens*. Depuis leur arrivée à Paris, ils s'efforçaient d'épurer leur langage de toutes les figures par trop colorées. L'expression plus intelligible perdait beaucoup en pittoresque ; mais mon gabier m'avait deviné :

— Vous n'êtes pas toujours resté sur le plancher des *bêtes à cornes*, me dit-il en riant: on le voit bien: *je m'y connais*. Vous entendez ça aussi bien que nous; pas besoin de se gêner.

Je ne répondis qu'en offrant une nouvelle chopine, et remis aussitôt la conversation sur le spectacle. Les applaudissements des matelots avaient été plus rares encore que je ne m'y étais attendu; j'en demandai la cause à mes voisins:

— Quand je regarde, d'abord, je ne songe pas à jouer des paumelles, dit le chef de pièce ; d'ailleurs ça dérange le monde de la manœuvre. Une supposition qu'on se mettrait à battre des mains pendant une école de canon...

— La vraie raison, interrompit le gabier, c'est que nous ne sommes ni des conscrits, ni des mousses. A Toulon, on siffle, on applaudit, on fait sa tête, c'est juste, on est chez soi ; ici, on est dans *la Capitale*, on doit se respecter ! L'idée de *la Belle-Poule*, la voilà : on peut boire un coup, même quatre et cinq de trop, c'est bien ! mais l'ordre est d'être sages comme des demoiselles ce soir : demain il fera jour !

J'abondai dans le sens des deux matelots, bien que leurs explications ne me semblassent pas parfaitement lucides ; leur bienveillance envers moi s'accrut à un éminent degré.

Du reste, si les marins n'applaudissaient pas, ils approuvaient ce qui était bien exécuté. On les accuserait à tort de n'avoir pas compris l'action qui se déroulait devant eux. Nul peut-être n'était plus à même de juger des détails avec connaissance de cause. Les uns avaient été dans le Levant, et la vente des esclaves n'était pour eux qu'une scène familière à leur imagination ; d'autres avaient vu danser la *Cachucha* dans les rues de Barcelone ou sur les places de Cadix : les passades du *Diable amoureux* n'en étaient qu'une réminiscence.

Pendant les trois actes du ballet, les observations et les commentaires ne tarirent point. La verve des spectateurs était excitée au plus haut degré, et l'on pouvait saisir une foule d'heureuses saillies au milieu d'un feu roulant de gaudrioles devenues de l'actualité. Les ronds de jambe et les pirouettes avaient fini par les éblouir ; quelques vieux caliers seulement s'étaient laissés fasciner au point de fermer les yeux. Ils assistaient sans doute en rêvant à la péripétie de ces ballets étourdissants qui avaient triomphé de leur insoucieuse indifférence. La plupart, cependant, n'avaient jamais été mieux éveillés.

— Nous faisons un drôle de quart de huit à minuit, disait l'un.

— Ce matin, je gelais, maintenant j'ai chaud trois fois pire que sous la ligne.

— Ça devient rousturé, fionnant, quoi !

Au pas des écharpes : « *Bien carguées, les basses voiles !* » murmura le quartier maître.

— Elles se patinent comme de vrais gabiers d'artimon, ajouta son voisin.

Lorsque les esclaves joutent de séductions pour tenter le vieux visir :

— Ça me rappelle les îles Marquises, me dit le chef de pièce ; je faisais le tour du monde sur *la Zélée*. Figurez-vous qu'on venait de mouiller en rade. Voilà, tout autour de nous, un tas de points noirs qu'on aurait pris pour des roches, si ça n'avait pas bougé. — « Mille tonnerres ! crie le commandant, les sauvages viennent nous attaquer... BRRRRANLE-BAS DE COMBAT ! » Chacun court à sa pièce, on met dehors les filets d'abordage ; dam ! on croyait que ça chaufferait dur. Qu'est-ce que c'était ? rien du tout, du sexe en pile et en masse, de bonnes filles en veux-tu en voilà, qui nous arrivaient. Il en monta plus de trois cents à bord. Le dernier matelot était autant caressé que cet ancien à casaque fourrée qui fait son difficile pour le quart-d'heure. J'en pris deux à mon compte, une grande maigre et une petite grosse, comme qui dirait ces deux qui sont là à tribord et à bâbord sur le théâtre. Il y en avait qui en gardèrent quatre, et notre contre-maître de cale en voulut sept, il leur donna les noms des sept jours de la semaine. Ça dura près d'un mois; nous étions pareils à des sultans. Je fus content tout de même, quand on mit sous voiles: une femme, tout bien compté, c'est déjà beaucoup; mais deux, qu'elles soient blanches, bleues, noires ou jaunes, c'est deux de trop.

— Vous voyez mon matelot, dit le gabier en s'apercevant que je riais, il vous a la balle d'un *qui n'y touche pas*, d'un *pas lourd*, hein? Eh bien! c'est un farceur fini.

— Je n'avais pas besoin que vous me le fissiez remarquer; en vous voyant ensemble, je me suis dit : voilà une paire de fameux navigateurs !

Ce compliment acheva de m'en faire des amis dévoués; au sortir du spectacle, je les invitai à venir prendre le café ; ils acceptèrent sans trop de façons. Le canonnier s'en gorgea d'un trait ; l'autre s'y prit avec plus de méthode. Quand il eut fini *d'arrimer* le petit verre dans sa *soute aux légumes*, il m'offrit à son tour la liqueur, *le doux, le sec, tout le tremblement :* je refusai; il insista, je refusai de nouveau.

— Je ne courrai pas trente-six bords avec vous, bourgeois, s'écria-t-il alors ; vous ne voulez pas qu'on vous rende la politesse, chacun son idée; mettons que je n'ai rien dit. Mais vous êtes un bon enfant, un vrai, *je m'y connais...* C'est la raison pourquoi je vais vous envoyer un cadeau un peu soigné... un cadeau, je vous dis, quoi!... à seule fin que vous vous souveniez à tout jamais des anciens de *la Belle-Poule*.

Il sortit gravement de la poche de son paletot deux petites baguettes, l'une blanche, l'autre rouge, et coupant religieusement un petit morceau de chacune d'elles :

— Ceci, monsieur, c'est du saule pleureur qui était sur la tombe de l'empereur Napoléon, ça c'est de quoi on a fait son cercueil. Je vous en donne là parce que vous êtes un *Frrrrançais*, et un cœur de matelot, *je m'y connais...* Ces baguettes, on nous les a distribuées par rations égales à bord : — les généraux, les vieux, des braves finis, n'en ont presque pas eu plus que nous autres, les simples *bas-boutonnés*.

Il me présenta sa main calleuse, que je serrai cordialement, et prit son camarade sous le bras en me souhaitant bonne chance, bon quart, beaucoup de bonheur et à revoir !

Je les suivis encore quelque temps ; le gabier se dandinait et paraissait enchanté de son acte de générosité. Bientôt pourtant je les perdis de vue ; ils avaient rejoint leurs camarades, occupés à *fréter* des fiacres, pour *appareiller* tous ensemble, et *mettre le cap* sur l'École militaire.

Les équipages de *la Belle-Poule* et de *la Favorite* étaient composés de marins de choix ; les Parisiens n'auront jamais sous les yeux des types matelots plus complets; et cependant, faute de connaître les originalités de cette classe d'hommes à part, bien des amateurs de scènes populaires durent sortir de l'Opéra, désenchantés des spectateurs en paletot. On s'était attendu à je ne sais quelles algarades bruyantes, à des allocutions publiques en style goudronné, à quelqu'une de ces charges gigantesques accréditées par des romanciers trop coloristes pour être vrais. On avait cru peut-être que le parterre présenterait l'image exacte d'un gaillard d'avant en goguette, ou bien on se flattait que l'admiration exalterait les matelots au point de donner lieu à des incidents tout au moins risibles. On a dû être mécontent de la froideur apparente avec laquelle ils ont accueilli toutes les féeries théâtrales ; mais un des traits les plus saillants de leur caractère était merveilleusement mis en relief.

Le matelot est inaccessible à l'admiration de tout ce qui n'est pas du métier : — « C'est l'homme d'Esope » avons-nous dit ailleurs. — On ne peut guère étonner par des spectacles artificiels, celui qui s'est constamment trouvé en face des plus grands phénomènes de la nature, celui qui a visité tous les climats et tous les peuples, celui enfin qui est doué d'une imagination inépuisable, prompte à outrepasser les limites du possible.

Habitués aux parades constantes et aux manœuvres précises des navires de guerre, les marins de *la Belle-Poule* et de la *Favorite* pouvaient-ils être surpris de l'ensemble du corps de ballet ou des changements de décoration à vue? Les danseuses ne faisaient devant eux qu'un exercice un peu moins compliqué que le branle-bas de combat, le simulacre de l'incendie ou celui de l'abordage. Machinistes de profession, ils devinaient derrière les coulisses, les palans et les cordages qui hissaient ou hâlaient des apparaux ayant mille points de ressemblance avec ceux qu'ils manient journellement. Est-il, en effet, un changement de décoration à vue plus complet que celui d'une escadre à la voile arrivant sur une rade? — Au signal d'un chef invisible, elle amène, cargue, mouille, et serre partout à la fois. Quelques secondes après, elle est sur ses ancres, les vergues alignées, les pavillons jouant au gré de la brise, et l'on n'aperçoit plus dans les mâtures aucun des dix mille acteurs qui ont simultanément concouru à cette rapide métamorphose!

Les scènes les plus fantastiques n'obtinrent parmi les matelots qu'un succès médiocre; ils les goûtaient sans les préférer à ces interminables histoires où toutes les mythologies se confondent à l'envi, et dont les narrateurs de la misaine développent complaisamment les étranges combinaisons. Peut-être trouvaient-ils ce carnaval diabolique inférieur au leur du passage de la Ligne; peut-être le Satan brodé de l'Opéra paraissait-il moins historique à la plupart que le Pluton barbouillé de peinture noire et de goudron qui conduit les divinités infernales à la cérémonie du Tropique.

La musique d'ailleurs devait leur faire peu d'effet;

les mélodies bien aimées du gaillard d'avant sont simples et essentiellement *chantantes*, pour nous servir d'une expression consacrée par l'usage. Enfin, les voix tumultueuses de l'orchestre pouvaient-elles avoir prise sur des hommes dès longtemps accoutumés à entendre avec indifférence la sauvage harmonie de la tempête, et les grandioses clameurs de l'Océan ?

Ils sont sortis du spectacle bien aises d'avoir vu le plus beau théâtre de France, mais concevant aisément quelque chose de supérieur. Pourtant, un jour, sur le pont, au vent de la chaloupe, par une belle nuit intertropicale, *la représentation du grand opéra de Paris*, traditionnellement racontée par un quatrième ou cinquième amplificateur, atteindra des proportions assez gigantesques pour que les auditeurs, muets de plaisir, restent à jamais envieux de leurs anciens, *ceux de la* BELLE-POULE *et de la* FAVORITE.

— Fameuse campagne, cré million de chiques ! ajoutera gravement le santon du bord ; — aller chercher le corps de l'empereur à Sainte-Hélène, sous le commandement d'un prince ; — relâcher à Paris, un pays de bénédiction, à ce qu'il se dit, au mouillage dans une caserne grande comme un vaisseau à trente-six ponts ; — faire la noce à volonté, et voir le branle-bas en musique à un théâtre, un polisson de théâtre où le champ de bataille de Brest se perdrait comme un brin d'étoupe dans la mer ! En avaient-ils, de la chance, ces autres, en ces temps-là !

La présence à l'opéra des équipages de la *Belle-*

Poule et de la *Favorite* fit assez de sensation, pour que plusieurs théâtres s'empressassent de leur accorder des entrées gratuites, dans l'espérance d'attirer le public. D'un autre côté, les invitations leur pleuvaient, les mousses furent régalés aux Tuileries, les anciens firent plusieurs grands repas à la caserne; les *sauvagesses* leur paraissaient de plus en plus aimables, et Paris de plus en plus digne de sa réputation. Malheureusement l'ordre du départ arriva, lorsqu'ils étaient le mieux en train. Pour comble de malheur la Seine était gelée, et il fallut se mettre en route sur le verglas, *sac au dos*, comme de vrais *pousse-cailloux*.

—

Immédiatement après la représentation, j'en écrivis la relation, telle, aux dernières lignes près, qu'on vient de la lire, et le lendemain, dès la première heure, j'étais en route pour essayer de la faire publier en feuilleton. Je fus renvoyé de Caïphe à Pilate et de Pilate à Hérode. *Le Siècle, la Presse, la Gazette des Théâtres, la Mode,* dix autres journaux, n'eurent garde de profiter de l'actualité. Mon récit ne vit le jour ni le surlendemain, ni dans la semaine, ni dans le mois; comme tant d'autres, il devait dormir dans mes cartons. L'année, pourtant, ne s'écoula pas sans qu'il parut.

Trente recueils périodiques l'ont inséré depuis. — Enfin, au bout de vingt ans et plus, le voici qui, pour la première fois, trouve sa place dans un livre.

Habent sua fata libelli. Concluons.

CONCLUSION

Il n'est point de sujet qui ne soit inépuisable, point d'ouvrage qui ne soit incomplet.

Après *la Frégate l'Introuvable* et *ses Cousines*, un aimable critique a pris sur lui de prédire que ces légères *Esquisses Maritimes* ne manqueraient ni de nièces ni d'arrières-neveux. — C'est en vérité bien possible !

Après *Paris pour les marins*, qui sait quand je ne le sais pas moi-même, si je n'aurai pas quelque jour la fantaisie de traiter gaiement la grave question de *Paris port de mer*?

Du temps que j'étais marin, ce fut un de mes souhaits; j'aurais voulu voir mon bord amarré entre le Pont-Royal et le pont de la Concorde, comme le fut *le Louqsor*, ni plus ni moins que la frégate hydrothérapique et revivifiante *la Ville de Paris*. Je pourrai bien m'aviser de rappeler ce rêve dans mes *Souvenirs de marin*.

Présentement j'ai d'autres songes-creux, contes ou romans en tête. Pourvu qu'ils soient agréables à mes fidèles lecteurs, qu'importe le reste, j'aurai atteint mon but !

J'ai dédié ce petit volume au fondateur de l'Œuvre du Sauvetage; je l'ai rattaché à la barque inchavirable de Mouë sous le patronage d'Alexandre Dumas.

Alexandre Dumas a bien voulu répondre à ma dédicace, par des pages éloquemment amicales, orientées à souhait, rondement gonflées par une franche brise de cœur. Conserves vaillantes, elles protégeront et soutiendront mon opuscule. Elles le feront passer en droiture, sans embardées, sans avaries, à travers bancs de sable et récifs, remous et courants contraires. « A la belle étoile, torchons de la toile ! » Elles lui font hardiment filer son nœud en dépit des écueils et des brouillards de la Seine. Fanaux brillants comme l'Étoile du Sud, sonde rapportant du fond des empreintes du meilleur aloi, pilote passé maître, rien ne manque à mon *Paris pour les marins*.

Je suis donc bien sûr qu'il ne fera pas naufrage.

Peut-être même, audacieux, fluet, badin et *volage*, comme vous le voyez, remorquera-t-il d'autres fantaisies qui, pour n'être ni salées, ni goudronnées, ne demandent cependant qu'à être mises à flot et à naviguer flammes au vent.

Peut-être !... peut-être !... Il suffit !... Qui vivra verra !

En attendant, amis lecteurs, faites tous chorus avec moi, et disons une dernière fois ensemble : — A ALEXANDRE DUMAS, MERCI !

FIN

TABLE DES MATIÈRES

FIN

Abbeville. - Imp. P. Briez

9 782013 687669